有老鼠牌鉛筆嗎？

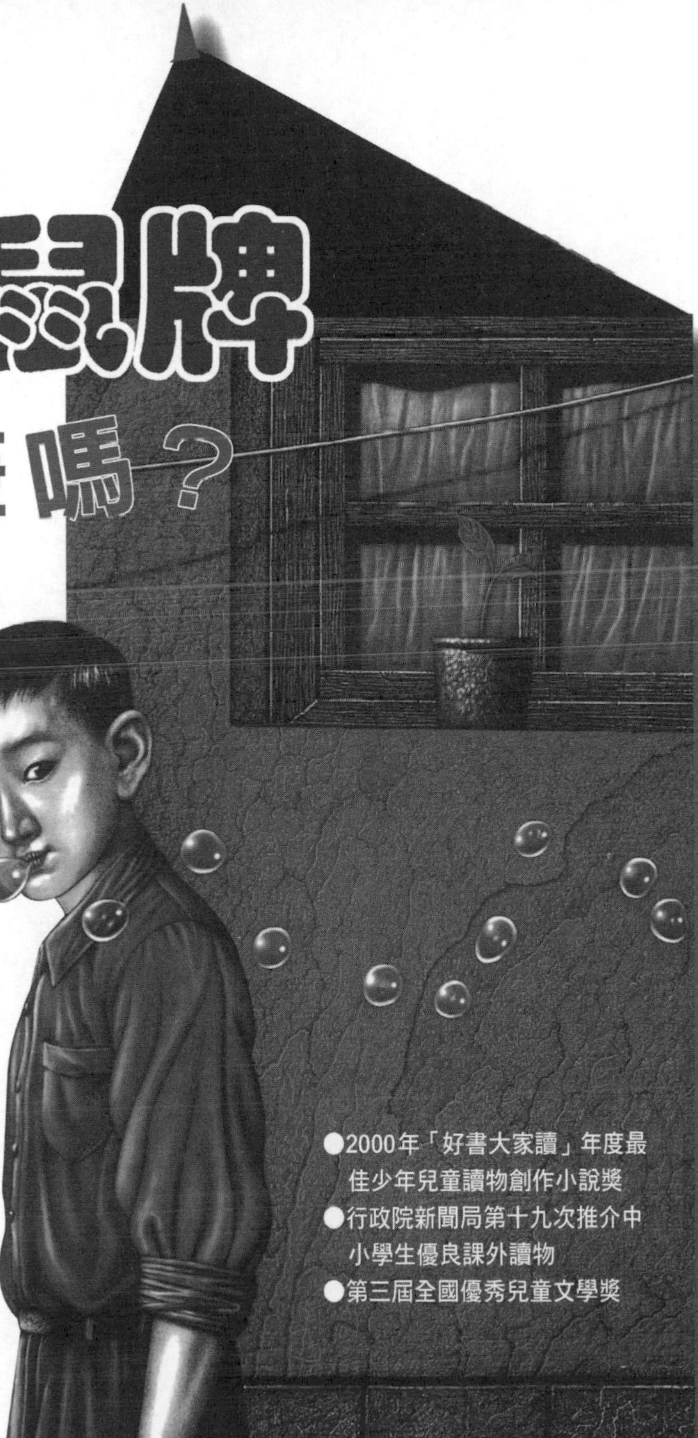

●2000年「好書大家讀」年度最佳少年兒童讀物創作小說獎
●行政院新聞局第十九次推介中小學生優良課外讀物
●第三屆全國優秀兒童文學獎

張之路◎著

給平淡生活創造奇蹟與笑聲（代序）

湯銳

「有老鼠牌鉛筆嗎？」「對不起，我只有貓牌橡皮……」聽起來像什麼？是在買東西？還是克格勃特工（俄羅斯情報人員）在接頭？不管怎樣，讀到這兒你準會笑出聲來。

有這樣出門旅遊的嗎？下了火車居然要像克格勃特工一樣對暗號？有這樣的老爸老媽麼？居然給兒子安排這樣一趟神祕兮兮的「體驗生活」？夏剛和他的爸爸，看起來像不像一對兒活寶？

你可能會說：「根本沒有的事兒，作家在瞎編！」可是，在你的內心裡，有沒有湧起一絲絲暗地的渴望——渴望在你過於平靜的生活中發生一些不平常的事來，甚至冒出小小的奇蹟？或許你也夢想著有朝一日能像夏剛一樣獨自出門去闖蕩、去周遊世界？

我們都知道，生活中並不都是好玩的事情，但是，如果你是一個有幽默感的人，如果也像夏剛的老爸一樣富有想像力，那你準能讓自己每天都生活在笑聲中。幽默的想像力就是這樣神奇的東西，它們能使平淡無奇的生活大爲改觀，變得新鮮有趣。

作家張之路就是這樣一個人，在平靜甚至平淡的生活中憑著幽默和想像力來創造奇蹟與笑聲，他還很了解一點，那就是小讀者們也做著跟他一樣的夢。雖然《有老鼠牌鉛筆嗎？》已是七、八年前的作品了，但今天讀來，仍然能夠被其中奇妙的想像和幽默所打動。張之路的許多少兒文學作品，像《霹靂貝貝》、《我和我的影子》、《蟬爲誰鳴》、《足球大俠》等等，都有類似的特點：幽默而且帶有濃厚的傳奇色彩。讀他的作品，你想不笑都困難。

《有老鼠牌鉛筆嗎？》無疑是一個非常好玩的故事，作家張之路可是一位講故事的高手。你看，故事一開始，作家就設下了一個大大的懸念：究竟誰是那個要跟夏剛接頭的人？換句話說，那位兜售「貓牌橡皮」的神祕兮兮的老兄究竟躲在哪裡？爲了找到這個人，夏剛先後遇上了老邱、小笑眼、車站小流氓、拍電視劇的大鬍子……作家一路賣著關子，始終不肯透露謎底，讓讀者跟夏剛一起猜，猜來猜去，結果鬧出了許多笑話。在這個大的懸念下面，作家又富有層次地分別設置了一些小的懸念，如老邱和他的「瘦菸鬼」兒子的祕密、電視劇男主角的陰錯陽差、眞假強盜搶銀行等等。這樣一來，大故事裡套著若干個小故事，環環相扣、曲折離奇，再加上作家在敘述過程中不時地抖出幾個詼諧的「包袱」，眞讓讀者一讀起來就放不下。

除了好玩以外，讀到夏剛在家裡、在火車上、在攝製組裡的一系列表現，你的感覺怎樣？會不會有那麼一點意思：如果換了我……

今天的孩子們，物質生活水平都沒的可說，更不乏嬌生慣養的，而他們精神的成長又如何呢？讀了一遍《湯姆．索亞歷險記》、又揣上一本《魯賓遜漂流記》的夏剛，懷著探險家般的激動上路了，這不是一次單純的旅遊，而是一次理想化的自我鍛鍊過程。從在火車上不懂「換票」，到被乘客們奉爲了不起的「人物」；從忐忑不安地「混」進攝製組到成爲眞正的男主角，夏剛在學習如何面對生活挑戰的同時，也在接收著生活的打磨和塑造。儘管作家張之路用了調侃的口吻、誇張的筆講述了一個異想天開的故事，但在講故事的同時，他也表達著自己對少年人成長的看法。特別是相對於「新夏剛」的傲慢與自戀、禿禿的驕嬌二氣、夏剛的老爸給他安排的「走出去經風雨見世面」，即使在進入二千年的今天，對讀者也不無啓迪。

目次

作家與作品

第一章　暗號

我和爸爸在同一所中學裡。他和劉老師一樣，也教物理，不過不教初二，而是高二。他教的學生當中恰恰就有劉老師的兒子。

有一次，我對爸爸說：「你要教初二就好了，讓劉老師教高二。這樣，你教你的兒子，他教他的兒子，不但責任權利都清楚，而且便於嚴格管理，咱們倆還可能經常見面……」

爸爸笑著說：「這樣當然我樂意，可是就怕別人說閒話，即便沒有人說閒話，你是我的兒子，我對你就要嚴格要求——有了成績不便表揚，有了缺點還要加倍批評。這樣豈不委屈你了。」

我說我不怕。

爸爸說：「你不怕，我還捨不得……」

我說：「聽您這麼一說，您還挺慈祥的，那麼我屁股上的巴掌印難道是我用紅筆畫上去的？」

爸爸嚴肅正經起來：「打你是爲你好，那是疼你。你只要回憶一下打你的部位，你就會理解，我爲什麼只打你的屁股，而不打你的腦袋！」

「您是怕把我打傻了，考不上大學！」

爸爸有些激動：「你只說對了一半，關鍵是屁股上肉多，不疼。就是疼，也是十分短暫的……再說，隨著你年齡的增長，打屁股的次數也愈來愈少。今年都快年底了，還沒打過一次呢！」

「噢！合算打屁股還有計畫？您是不是覺著虧了？」

「話不能那樣說，」爸爸搖搖頭：「等你長大了，你就會明白，不是我虧了，而是你虧了……」

「我虧了？」這太荒唐了，我只能認爲爸爸在開玩笑。

爸爸一點不笑：「我像你這麼大的時候，你爺爺也打過我的屁股。後來，我長大了，結了婚，尤其是有了你，想起那些事，我不但不恨他，反而還特別想他……沒有一個父母是願意打孩子的，都是氣急了，恨鐵不成鋼——那當然也不對！……現在，你爺爺不在了，我倒想讓他打我的屁股……可是，打不成了……」爸爸的眼裡濕濕的。

本來，我是想和爸爸開個玩笑的，如果真的讓爸爸來教我，我的優秀學習成績就會被蒙上「走後門」的陰影。

沒有想到，這段談話以喜劇開了頭，眼瞧著就要以悲劇來結尾。於是我趕緊說：「爸爸，等星期天有空，您好好打一頓我的屁股，怎麼樣？」

爸爸突然從惆悵中振作起來：「你以爲打屁股像鼓掌那麼容易嗎？每次打你屁股的前後我都要承受巨大的感情折磨……我今年剛好到了不惑之年，我明白了，打屁股無論從理論還是實踐來說都是不能解決問題的。我以後不會再打你的屁股！」爸爸信誓旦旦地說。

咦！我們的談話居然得出這樣的結論——打人的吃了虧，被打的卻占了便宜。這樣算起來，我從小到現在不知占了爸爸多少便宜……

有段繞口令教導我們說：「十四是十四，四十是四十；四十不是十四，十四不是四十。」

今年，我爸四十歲，我剛好是十四。這段繞口令好像就是爲了今年的我和我爸爸寫的。這段繞口令在我聽起來就是這個意思——「我永遠是我，爸爸永遠是爸爸；爸爸不是我，當然我也不是爸爸。」

媽媽對我和爸爸之間那種「沒大沒小」的談話總抱著一種批評的態度。

吃飯的時候。一張小小的方桌，媽媽横在我和爸爸之間，我和爸爸臉對臉。飯菜實在是太單調了，我們總想開個玩笑給飯桌上「加個菜」，可又不能太放肆，不知道什麼樣的玩笑可以開，什麼樣的玩笑不能開。這時候，我和爸爸就互相看著，我知道他和我一樣的寂寞。

有一次，我忍不住了，就用兩支筷子互相敲擊著說：「筷子一打點兒對點兒，我和爸爸臉兒對臉兒，今天不把別的說，說說我的小心眼兒……」（這話免不了有點影射媽媽的意思。）

爸爸舉起筷子正要響應。媽媽瞪了我們一眼，說：「幹什麼？幹什麼？吃飯都堵不住嘴呀！從哪兒學來這麼俗氣的東西！吃飯居然敲筷子！」

爸爸趕緊幫我解圍：「這是學校文娛會演的節目，叫筷子歌，還得了獎的……」

媽媽說：「什麼？敲筷子也得獎？得了獎怎麼不上電視？」

我和爸爸面面相覷，不知道媽媽怎麼會有這樣的思維方式——得了獎幹麼就非得上電視！不上電視就不准得獎嗎？

爸爸說：「妳總得幽默點吧！」

媽媽說：「幽默？幽默能當飯吃嗎？」

就這樣，我們每頓飯都吃得緊張嚴肅，速度之快讓人難以置信。當然，對節約糧食也大有好處。

今天，飯剛剛吃過一半，爸爸不知道怎麼也憋不住了。他忽然問我：「夏剛，我問你個事兒。」

「什麼事？」我剛剛喝完一匙湯。

爸爸說：「你說，人在喝湯的時候，是人的嘴找匙子呢，還是匙子找人的嘴呢？」

我從來沒有想過這個問題，急忙舉起湯匙做實驗。我讓腦袋一動不動，用湯匙去找嘴，發現十分彆扭。接著我又將匙子舉在空中，讓嘴去找匙子，這就更彆扭……我笑了說：「互相找吧！」

我們不由得偷偷去看媽媽的眼色。只見媽媽正聚精會神地在用嘴去找匙子，正因爲認眞，樣子十分可笑。我從來沒發現媽媽還有這樣的神態。不看則已，一看，我和爸爸同時大笑起來。

媽媽急忙把湯喝下去故作鎭靜地說：「這有什麼！當然是匙子找嘴……」

我和爸爸再次毫無顧忌地笑起來。媽媽雖然嘴裡還說著，這有什麼好笑的，這有什麼好笑的……但分明已經沒有平時那種居高臨下批評我們時的底氣。

爸爸於是趁機講了這樣一個關於匙子的故事：

「當年，英國首相丘吉爾參加一個由英國女王主持的宴會，一位阿拉伯的酋長恰好坐在丘吉爾的旁邊。那位酋長看見桌上的銀匙子不錯，於是拿了一個放到了衣服口袋裡，被丘吉爾看到了。但他不動聲色，也拿了一個銀匙子放進口袋，還與那位酋長會心地一笑。過了一會兒，丘吉爾對那位酋長說，我看見侍從緊緊地盯著我們倆，我想，我們拿匙子的事一定被發現了。我們不如拿出來算了，免得出醜。說著，丘吉爾將匙子拿出來，放到桌上。那位酋長無可奈何，只好也將匙子拿了出來……」

我笑著說：「不錯，丘吉爾太幽默了！」

媽媽卻說：「眞有這事？這不是對阿拉伯人的汙蔑嗎？」

爸爸說：「嗐！開玩笑嘛！主要是說丘吉爾的性格。」

媽媽沒有再說什麼，只是喝湯的姿勢有點彆扭，我心中暗暗高興。這頓飯雖然菜不多，但吃得很香。看來，幽默雖然不能當飯吃，但卻可以當菜下飯。

……

第二天放學以後，我與匆匆地跑回家，急著要把被評上三好學生的消息告訴爸爸……我聽見廚房裡有聲音。我敲門，沒有反應。我又使勁敲，還是沒有反應。不但沒有反應，而且連聲音也沒有了。頓時，我身上的汗毛孔都張開了。一種冷颼颼的感覺充滿全身……是不是爸爸病了？病得連話都說不出來了……別是小偷進了家裡吧？這時，我彷彿看見那個賊眉鼠眼的傢伙正使勁盯著大門，手裡還握著個菜刀什麼的……

如果他這會兒猛一開門衝出來，我還眞對付不了。

我嗓子都變了調，大聲喊：「爸爸，是你在家裡嗎？——」我想，如果裡面再不出聲，我馬上就會轉身衝到街上大喊：「抓小偷啊——」

屋裡傳來爸爸不緊不慢的聲音：「你忘了？」

我頓時鬆了一口氣，渾身汗津津的，奇怪地問：「忘了什麼？」

「暗號——」

我猛然想起了我和爸爸的約定——那是他昨天興之所至和我談妥的。我把對爸爸的氣憤放在一邊，忍氣吞聲地又敲敲門，學著現代京劇《紅燈記》裡那個壞蛋的聲音：

「請問，這裡是李師傅的家嗎？」

「你是？——」爸爸學著李奶奶的腔調拉長聲。

「我是賣木梳的！」我狠狠地說。

「有桃木的嗎？」爸爸不緊不慢，字正腔圓。

「有！要現錢！」我又使勁捶了捶門。

門開了，爸爸站在門口：「幹麼那麼厲害？像個大灰狼似的！」

「眞可氣！你也不說話！我還以爲小偷來了呢！」我說。

「咦！這是我們倆昨天約好的！你不說暗號，我怎麼說話？」爸爸振振有詞。

「沒勁！下次別這樣了，多麻煩呀！」我把書包扔在床上。

「麻煩什麼？這樣多幽默呀！如果每天放學，你一敲門，我就開。你叫爸爸，我叫聲兒子……幾十年如一日，枯燥不枯燥？這樣多有樂趣呀！」

我不說話，我那緊張和氣憤的情緒還沒緩過來。

爸爸又說：「孩子，我跟你說，你別以爲幽默這東西是小把戲，是可有可無的東西。幽默這東西是一個人身上最可寶貴的性格。大者說，比如兩個人遇到同樣的打擊和挫折，如果是個不會幽默的人，他可能就死了；如果是個幽默的人，他可能就會頑強地活下來。人們往往以爲克服困難和挫折只需要意志和勇氣，其實，幽默也是同等重要的……你懂嗎？」

我搖搖頭：「我看不出來，不就是開玩笑嗎？如果一個人要死了，你跟他開個玩笑說，沒事，這是死神跟你鬧著玩呢！難道他就可以活過來嗎？」

「嘖！嘖！你根本不懂得什麼叫幽默，幽默是聰明人才會的玩意兒……這也不怪你——你年齡太小。這麼說吧，你不是愛聽相聲嗎？那是別人說。他說得再好，你也不能天天聽不是嗎？如果我們幽默，實際上我們就是自己給自己天天說相聲，每時每刻說相聲，那有多開心……」

「那，我們每天就光說『李師傅在家嗎？』」

「哪能呢？幽默是隨時隨刻發生，碰到它就捉住它，大笑一場……」

看見爸爸這樣執著，我不由得跳起來，抱住他學著《紅燈記》裡那個壞蛋的腔調大聲喊：「啊！密電碼，我可找到你啦——」

爸爸連連笑著說：「成！成！」

有人敲門。

爸爸小聲說：「你媽回來啦——」

我急忙跑到門口說：「暗號？」

媽媽使勁敲著門：「囉嗦什麼？快開門！」

爸爸對外面可憐兮兮地說：「老總，我們家沒有糧食——」

媽媽發火了：「耍什麼貧嘴，快開門！」

我和爸爸互相看了看，爸爸搖搖頭：「唉！鬼子進村了……」說著，打開門對媽媽說：「唉！妳一點也不會幽默……」

媽媽說：「我告訴你，別天天讓孩子練耍貧嘴，鍛鍊鍛鍊他應付社會的能力才是正經。幽默！幽默！幽默能當飯吃嗎？」

聽見這話，我很悲哀。昨天晚飯的時候，媽媽已經對幽默表示了好感，今天幹麼又對幽默這樣冷酷無情呢？再說，不喜歡幽默就算了，也用不著這樣敵視它呀！還有，幽默怎麼總要跟吃飯扯在一塊呢，它們是根本不同的兩件事嘛……

每當這個時候，我就特別同情我的爸爸。他煞費苦心地點燃了一個小小的令人愉快的火花，卻被媽媽一盆冷水無情地澆滅了。

第二章　嚴峻的開頭

離放暑假還有兩天，期末考試的成績大局已定。我當然屬於「沒得說」的一類。

晚上，我問爸爸：「我朝夕相處的爸爸，今年暑假帶我上哪兒去『體驗生活』啊？」

我爸爸和我說話總愛帶點花樣。比如他去副食店買東西，他就說，現在我去「調查市場情況」；比如擠公共汽車，他就說，我愛「與人民大衆站在一起」；說到玩，他從不說什麼旅遊之類，只說今天我們到頤和園「體驗生活」，或者說明天我們去游泳池「深入生活」怎麼樣？……因此，我對他也用這樣的語言。

今天，爸爸很嚴肅：「別急，我自有安排，你要做好思想準備。」

他煞有介事。我當玩笑聽。

放暑假後的第二天，吃過晚飯，收拾已畢。他招呼我在他對面坐下，點起一支菸，等到媽媽也在他身邊坐好以後，他咳嗽了一聲。場面極其莊重。

他從上衣口袋裡掏出一張硬硬的小紙板，遞到我手裡說：「夏剛，你看看……」

「這是什麼？」我問。

「連火車票都不認識！這就更證明了我們這一決定的重要性！」爸爸看了一眼媽媽。媽媽點點頭。

我不服氣地說：「我從來沒坐過火車，當然不認識火車票！」

「現在認識了吧？」

「認識了……」我心裡十分興奮，火車票！這意味著我們將坐火車去「體驗生活」，而且將是在那「遙遠」的地方。

「我們去哪兒？」我高興地捧著這張只有一寸來長，但十分珍貴的小紙片。

「自己看——」

儘管車票上字很多，但我仍然飛快地看到了「北京—青島」的字樣。

我從椅子上跳起來，抱住爸爸：「爸爸，你太客氣啦！」轉而我又抱住媽媽：「媽媽，妳怎麼也這麼客氣呀！」

媽媽說：「什麼話？什麼叫客氣啊？」

媽媽不知道，我和爸爸之間表示感謝的時候，總愛用這兩個字。她不知道，這兩個字如果用在朋友之間、同學之間，那是再普通不過了，有時甚至帶點虛僞的味道。但用在我和爸爸之間，那就不一樣了，那就格外有意義，格外傳神，格外有味兒。這時候，如果用謝謝，包括非常感謝都不能表達我激動的心情，而且也太生分了不是？現在這兩個字就是說，你們太好了……

按照以往的習慣，爸爸就會對媽媽說：「這是幽默嘛！」可現在爸爸卻說：「客氣的事還在後邊呢！」

我問：「還有什麼客氣的事兒？」

爸爸說：「這次，你一個人自己去。」

「什麼？我一個人？你們倆都不去嗎？」

「對！我們倆都不去，就你一個人……」

「我一個人怎麼去呀……我從來沒坐過火車……我誰也不認識……我這麼小，剛上初二啊……」

「您就別客氣啦！」爸爸笑著說。

「不是……客氣……」我有點語無倫次，「我不去……你們倆上哪兒？」

爸爸說：「我們倆哪兒也不去，你媽媽要照常上班，我利用假期看點書，你要是實在不願意去，可以在家裡複習功課……」

爸爸居然用「複習功課」來威脅我。他明明知道，讓一個初二的，尤其像我這樣的人利用暑假「複習功課」意味著什麼？這一刻，我心裡萌生了一個人去的念頭。但我要弄清爸爸這次安排的眞正目的。因爲他從來是願意和我待在一塊的。

我說：「爸爸，咱倆一塊去多好！」

爸爸說：「這件事的決定是我和你媽媽經過反覆研究才決定的。我們之所以讓你一個人去，是想給你提供一次鍛鍊的機會……」他看了媽媽一眼，那神情像是體現一下對助手的尊重。其實在家裡，我媽才是真正的領導。我看著媽媽，希望她能修正這個決定——讓爸爸和我一起去。沒想到，媽媽也微微點了點頭。

爸爸接著說：「現在獨生子女對父母的依賴太大了，嬌生慣養，這樣長大的孩子是不會有出息的。這次我們就想讓你試一試，父母、老師、同學都不在身邊的時候的能力……這叫走向社會，經風雨見世面……」

我沒有說話。

爸爸又說：「怎麼樣，男子漢？」

我舉著那張現在看起來已經不那麼「珍貴」，但充滿冒險誘惑的火車票說：「就憑著這一張車票就讓我走向社會嗎？我去找誰？我住哪兒？吃什麼……你難道讓我去要飯嗎？」

爸爸從口袋裡又掏出一個黑色的錢夾說：「這裡面有一百五十塊錢，其中一百塊錢用來買回來的車票，另外五十塊錢你用來吃飯和零用……」

「夠嗎？」我不知道這五十塊錢對於「深入生活」是個什麼概念。我只知道在北京吃一個大盒冰淇淋就得一塊四毛錢，玩一次「瘋狂老鼠」（這是最便宜的遊樂項目）就得二元錢……

爸爸說：「夠和不夠看怎麼說，你要是吃生猛海鮮，一頓飯也不夠。要是吃大餅和麵條那就有結餘……這錢數是我和你媽經過詳細測算的。緊是緊了點，但是給你許多錢，還叫什麼鍛鍊。再說，我們也沒有許多錢給你，我們家是平民百姓……我們能拿出這些給你已經很不容易了。」

我已經感覺到了問題的嚴峻。我說：「這些包括游泳的門票錢嗎？」

爸爸笑了：「外行了不是？那是大海，隨便游，沒人要錢……」我現在覺得我眼前就是茫茫大海，其他，什麼都看不見。我又說：「到了海邊，我連隻螃蟹也不能吃嗎？」我覺得吃隻螃蟹是不影響我鍛鍊的。

媽媽說話了，這是她在這麼長的談話中說的第二句。但這句話卻意義重大。

媽媽眼裡露出愛憐的目光說：「一下火車就有人接你，吃住他都給你安排……」

爸爸嚴厲地打斷她：「你搶著說什麼呀！」

我心裡頓時鬆了口氣。但我奇怪今天是怎麼了？爸爸和媽媽的位置整個顛倒了。按以往的慣例，爸爸今天說的話都應該是由媽媽來說的，而媽媽的角色倒是應該由爸爸來扮演的。到底發生了什麼事情？再說，爸爸通常是極爲幽默的，對他的兒子也是極爲親切的。今天怎麼像班主任在和我談話。

爸爸說：「既然你媽媽已經提前說了，我也就告訴你……我已經給我的老同學寫了信，讓他到車站來接你——」

我急忙問：「他叫什麼？」

媽媽剛要插嘴，爸爸瞪了她一眼。這一眼還就眞的把媽媽的話給瞪回去了。以往瞪眼的是媽媽呀！

爸爸說：「名字先不告訴你。這也是鍛鍊的一項，是男是女？長什麼樣？也不告訴你。你用暗號和他聯繫！」

「用暗號聯繫？像電視裡的特工人員嗎？」

「對！」

「什麼暗號？」

「你走出車站，看見有人像是接站的。你就走過去和他說：『請問，有老鼠牌鉛筆嗎？』如果他說：『對不起，我只有貓牌橡皮。』那暗號就算對上了。他就是要接你的人。明白了嗎？」

「明白了……」我這時忽然感覺爸爸媽媽好像滿懷激情要把我送到什麼革命聖地參加工作或者是什麼敵占區搞祕密鬥爭，神祕得不得了，神聖得不得了，激動得不得了，但我喜歡。

爸爸從手腕上解下了手錶深情地戴在我的手上說：「這塊表送給你……」

他的手錶雖然不值錢，又是塊舊的，但他那莊重的神情深深地感染了我，我心中忽然湧起一種長大了的感覺，像是要去完成一件什麼崇高的使命。

「怎麼樣，兒子？」他的手非常溫暖。

「就這樣吧！」我像個男子漢似地說。

我總覺得這事有點不正常，好像爸爸媽媽給我設計了一個善良的陰謀……

媽媽說：「夏剛，只有百鍊才能成鋼，好好鍛鍊吧……」

我明白了，鍛鍊我是媽媽的主意。而鍛鍊我的辦法則是爸爸的「傑作」。他將幽默付諸實踐。

第三章　陰謀暴露了

北京火車站東面那座呆板的大鐘樓下，我和爸爸默默地互相看著。我們表情嚴肅，極爲深沉的樣子。

「我就送你到這裡，車站裡的路自己走……」爸爸說。

「爸爸，您就不能再提供點線索了嗎?」我問。

「該說的都說了，還提供什麼?」爸爸看著我的眼睛，想在裡面發現怯弱。我知道我的眼睛裡已經沒有一絲一毫的怯弱。經過兩天的物質和精神上的自我準備之後（我自己買了二十包生力麵，又看了一本《湯姆•索亞歷險記》，書包裡還帶著一本《魯濱遜漂流記》），心中十分鎮定和坦然。我只是怕待會兒分手之後，他會後悔沒有對我說一句鼓勵的、安慰的、溫暖的話而難過。我畢竟是他的兒子，而且只有十四歲。最重要的是，我們父子情深。當然，這情不在臉上，也不在嘴上，而在心裡。

爲了他，我又說：「萬一出現特殊情況怎麼辦？」

爸爸的表情變得更加深沈，眼裡閃出只有哲學家才有的光芒：「記住，兒子！山窮水盡疑無路，柳暗花明又一村！男子漢，沒有翻不過的山，沒有過不去的河！」

我點點頭又說：「還有什麼未竟的事業嗎？」

爸爸愣了一下，笑了：「這叫什麼話？又不是向遺體告別……」

看見爸爸的微笑，我滿意了，伸出右手：「再見，爸爸！」那樣子很像電視裡兩國首腦會晤。

他也伸出右手握住我：「再見，兒子！」樣子也很像兩國首腦會晤。本來，我以爲他會用兩手按住我的肩膀。

當我走進車站的時候，爸爸忽然在後面喊：「別忘了接頭暗號！」

我回過頭：「忘不了！暗號照舊——」

這一喊不要緊，害得入口處的警察緊緊盯住我問：「那是你什麼人？」

「我爸爸！」

警察又疑惑地看看我：「背包裡是什麼?」

「衣服和洗漱用具！」

他用手捏了捏背包，忽然嚴厲地問：「這是什麼?是不是煙花爆竹?」

我打開背包，拿出一袋生力麵。警察鬆了口氣，又把我的車票要去看了一會兒，低聲問道：「你剛才說什麼暗號？」

我學著「紅燈記」那個壞蛋的口吻說：「我是賣木梳的——」

警察先是一愣，接著卻不由自主地接道：「有桃木的嗎？」

我猛地攥著警察的手說：「啊！我可找到你了。」

警察又是一愣，接著便哈哈大笑起來。

我回頭的時候，爸爸已經不見了。我心裡頓覺得空空蕩蕩的，有一種沒著沒落的感覺。肩上的背包也立刻重了許多……

那警察和藹地指點我：「上電梯，左邊第二候車室……」

我又覺得溫暖，信心也回來不少。想起了媽媽的格言——多問，別忘了鼻子底下有張嘴。於是我幾乎是走二十步就打聽一次。終於登上了南下的火車。對了號，找個地方先坐下。

火車下站滿了送行的人。他們隔著敞開的車窗與車上的人說著:「去了就來信……」、「別忘了吃藥……」以及「替我向老張問好」之類的話。

爲了鍛鍊,沒有人送我,只有我抱著背包默默地看著大家。我想,這會兒如果也有個被爸爸送來鍛鍊的小男孩,哪怕是小女孩也好……可惜沒有,我的周圍全是大人,像一堵堵的牆遮住了我的視線。這會兒,我突然想到了爸爸和媽媽,想起了往日他們對我的好處……我後悔剛才臨別的時候,沒有說上幾句安慰爸爸的話。我應該說,爸爸,你注意身體……唉!我就連一句「爸爸你回去吧」的話都沒說……

車站的音樂響了,隨著這音樂,火車也就無聲無息地開動了。這一刻,我聽這音樂心裡挺不是滋味,平常挺歡快的樂曲,現在不知怎麼變得悲悲切切的,讓人想哭。這是不是就叫背井離鄉啊!

我向窗外望去。這一瞬間，我忽然從站台上送行的人群後邊，看見一個熟悉的身影正從一個水泥柱子後面閃了出來。

那是我的爸爸。

我的眼睛濕了，但我沒有向他招手，我知道，他想看著我，可又不願意讓我發現他……

火車越來越快，路上的樹木和建築物飛快地從窗外掠過。我縮回了腦袋。

這是硬臥車廂，車開以後，送行的人下去了。來來往往走動的人也都各就各位。車廂裡變得安靜而寬敞。

陌生而又新奇的感覺攏住了我的心。在這塊還沒有我們家廚房大的空間裡，居然整齊地安排了六個床。它們分成兩組，從地上往空中發展，一直吊到車頂上，而且一點擁擠的感覺都沒有……眞讓我大開眼界。我在商店裡見過雙層床，那只是「兩層樓」，還沒有見過這種「三層樓」的！如果家裡的臥室也這樣，那多好玩，不但擠不著，晚上還可以相互聊天，多熱鬧呀！雖然媽媽說過，這張票可以在火車上躺著睡覺，但今天一看，仍然是興奮不已——竟然可以躺著坐車，可以躺著到一個老遠老遠的地方去。火車和公共汽車就是不一樣。火車萬歲！

我的床在最頂上，順著一個小梯子爬上去就可以到達。就像爬一棵樹，可以爬到鳥窩裡一樣——比樹上的鳥窩還好，這個「鳥窩」可以舒舒服服地睡覺。再過一會兒我就爬上去。

一位女列車員走過來，看了我一眼，我想她可能要說，小孩，你去哪兒?小孩，就你一個人呀?小孩，有什麼需要阿姨幫忙的嗎?那我就得拿出點男子漢的不在乎口氣來：「謝謝——不用！」

沒料到，那位列車員卻繃著臉說：「換票！」

「換票？」我愣了一下：「我不換，我就願意睡這上頭……」我心想，找人換票就你這個態度！你也太欺侮小孩子了，再說我可不是普通的孩子。

周圍的人都笑起來。我不知道他們爲什麼笑。

「你有毛病是怎麼著？」列車員說。

「不換就有毛病？你也太不像話了！」我也不客氣。

這時，坐在我對面的一個圓臉盤長著一雙小笑眼的叔叔站起來拍著我的肩膀說：「小同學，你是第一次坐火車吧？」

「第一次也不能受欺侮哇！」我說。

「沒人欺侮你。她說換票是把你的車票換成火車上的臥鋪牌兒，你該睡哪兒還睡哪兒，這是火車上的規定！」

「大家都換嗎？」

「都換！」

這時，我才發現大家不知什麼時候都把票舉在手裡。列車員打開了一個黑夾子，裡面的小格格裡裝著一個個小塑料牌……

我的臉「唰」地一下紅了。在家的時候，爸爸給我介紹了火車上的許多情況，包括廁所和洗臉的地方……就是沒告訴我上火車還有換票這麼一說。害得我在這裡當衆出醜。

我把車票拿出來，手覺著一點勁兒也沒有。

列車員一邊給大家換票，嘴裡一邊嘟嘟噥噥，她說話有很濃的山東味兒。我只聽清了一句，好像是說，這年頭，小孩子一點規矩也莫有……我沒有回嘴反擊的底氣……只盼她趕快離開。我垂下眼皮，覺著周圍的人都在看著我。

列車員走了，我抬起頭，迎面碰上了那個小笑眼叔叔的目光。他朝我笑了笑，沒有説話。我現在看清了，我們這最底下的兩張床上一共坐了六個人——一邊三個。小笑眼叔叔左邊靠窗的地方坐著一個面色黝黑，長得精瘦精瘦的小伙子，他兩腮下陷，兩個眼珠卻十分突出，像個年輕的菸鬼。小笑眼叔叔的右邊坐著一個胖胖的戴眼鏡的婦女，像個老師。在她的襯托對比下，小笑眼叔叔就不顯得怎麼胖了，如果「女教師」的眼睛再小一點，那麼小笑眼叔叔就全部正常了。可惜，人家「女教師」的眼睛比他大。

有什麼東西碰了我的腰，我轉臉一看，在我右邊坐著的那個年輕女的已經呈半躺狀態。雙手扯著毛巾被，現在她那尊貴的腳又很不禮貌地當然是輕輕地蹬了一下我的腰：「你坐著我的毛巾被了——」這女的五官端正，屬於好看的那種，可是卻讓人覺得非常討厭。如果她長得醜一點，説不定那種討厭的感覺還沒這麼強烈呢！她説話的聲音很高很尖也很快，我聽到的是一連串嘰嘰嘰嘰的聲音。

我抬抬屁股，往邊上坐了坐，我知道這床的所有權在以後的二十四小時之內是屬於這位「嘰嘰嘰嘰」女士的，因此我沒吱聲，但心裡卻十分不痛快。她將毛巾被四周掖了掖，拾掇得比在家裡睡覺還舒坦。又前後伸了伸腳，確定這塊地方的歸屬權之後，才把腳縮了回去。然後老實了。

我心想，現在是上午十一點，妳睡的哪門子覺啊！

有人拍拍我的肩膀，是坐在我左邊的一位伯伯。他的眼睛裡流露著一種很寬厚的神色。看見他，我腦子裡閃過物理劉老師的身影。他們也有不高興的時候，也有氣憤的時候，但表現出來的最多是這種無可奈何而又容忍的神情。

「小同學，就你一個人出門呀？」他問。

「嗯——」

「咱們坐那邊去好嗎？」

我們離開了「嘰嘰嘰嘰」，坐在火車另一面，窗子旁邊的兩個可以彈起的座位上。「你幹麼總抱著背包？多累呀！那裡有很重要的東西嗎？」

這會兒，我才發現背包還在我懷裡抱著。我不好意思地說：「沒什麼重要的……」但手還是沒有動。

「不就是幾袋生力麵嗎？」

「你怎麼知道？」

「我從你書包的形狀猜出來的……」

「不光是生力麵，還有別的！」我說。

「還有西紅柿和幾條黃瓜……」

我愣了：「你怎麼知道得這麼清楚？」

他笑著說：「我的鼻子聞見了黃瓜的清香味兒……」

「你眞行！」當時我想說，你的鼻子簡直像狗一樣靈，但覺得這樣說太沒禮貌了。於是說：「你能聞出古柯鹼嗎？」

他大笑起來：「你這小傢伙說話可太損了，要能聞出古柯鹼，我不成警犬了嗎？」

我臉紅了，急忙分辯說：「我眞的沒有這個意思……我想到就說出來了。」

他說：「有這個意思也不要緊，要眞有那麼靈不就好了嗎？」

我們一起笑起來。

他又問：「小同學，能告訴我你叫什麼名字嗎？」

我對他還得保持點警惕性，他畢竟是剛剛認識了幾分鐘的陌生人啊！於是我做了點保留，我說：「我姓夏。」

「好哇！咱倆的姓是連著的……」

「連著的？」

「你姓夏，我姓秋，春夏秋冬不是連著的嗎？」

「還有姓秋的？你這個姓可挺新鮮！」

「我的姓不是秋天的秋，而是左邊一個丘陵的丘，右邊加一個雙耳刀，明白？」

「明白！我們有個老師也是這個姓，不過是個女的……邱……我應該叫您邱叔叔，還是邱伯伯？」

「你就叫我老邱吧！」他說：「我叫你小夏！」

「這多不好……」我心裡爲有這樣一個叫老邱的新朋友而高興。

「我說小夏，你現在應該把你的黃瓜和西紅柿拿出來放在桌上，要不，它們會爛的。然後再把喝水杯拿出來……再把毛巾拿出來晾在上面的鐵棍上……」

我一一照辦，最後把癟了一半的背包扔到了我的那個上鋪上。

老邱說：「你的爸爸媽媽怎麼不跟你一起來啊？」

「他們說要鍛鍊鍛鍊我，讓我一個人走向社會，經風雨，見世面！」

「你們家就你一個孩子嗎？」

「就我一個！」

老邱笑著說：「不簡單！不簡單！你的父母不簡單。你就更不簡單。你要感到驕傲和自豪……」

「驕傲和自豪？」

「對！現在有幾個父母有這樣的魄力，敢讓這麼小的孩子一個人出門，爲有這樣的父母，你應該驕傲！而你又有這樣的勇氣和膽量，這難道不值得自豪嗎？」

聽老邱這樣一說，我渾身也眞的充滿了驕傲和自豪。

我抬起頭，看見小笑眼叔叔和「女教師」都在聚精會神地聽我們說話。我覺得特別愉快。

小笑眼叔叔大約是憋的時候太久了，忍不住插話說：

「您說，這麼就把孩子放出去，眞出點事兒可怎麼辦？」

老邱說：「嗐！男子漢，沒有爬不過的山，蹚不過的河，眞遇到事，咬緊牙關，挺挺就過去了……」

這話好耳熟呀！對了，我爸爸不就常這麼說嗎？

「女教師」說：「話雖然這麼說，可家家都這麼一個，還甭說傷著，死了。就是遇上壞人學壞了，這父母不是得操一輩子心！」

靠窗坐著的年輕的菸鬼點起了一支菸。他好像根本沒聽見我們談話。眼睛仍然看著窗外。

車廂裡是不准抽菸的。老邱皺皺眉頭，又是那種無可奈何的神態。片刻之後，老邱說：「當然，這孩子也不能放出去不管，得有必要的措施跟上。咱們中國有句老話叫慣心不慣臉，你疼孩子要放在心裡，臉上可不能帶著。小孩子不懂事，要是知道你總是疼他，那可就肆無忌憚了。讓孩子鍛鍊也好，體會艱苦生活也好，父母得隨時知道他的情況，但不能讓孩子知道。他要是知道大人還在身邊那就沒用了，他還覺得有依靠……」

老邱看著我，眼睛閃過一種異樣的神色。那神色裡似乎包含著什麼東西，好像有什麼事兒沒說出來……然後又微笑起來。

「女教師」說：「唉！兩難啊！又想讓孩子經受鍛鍊，又捨不得……」

我對他們那些枯燥的有關教育方法的探討不感興趣。可是，剛才老邱那轉瞬即逝的異樣的神色卻總在我腦海裡跳騰。

我心中突然亮了一下。

啊！老邱是爸爸派來的監護人吧！

這個想法一經出現之後就在我腦子裡迅速擴展。他怎麼知道我帶了生力麵，猜出來的？哪兒那麼好猜？警察不就以爲是爆竹嗎？隔著書包能聞出黃瓜味兒，何等超級的鼻子？他爲什麼這麼關心我，連毛巾都告訴我要拿出來搭在鐵棍上。對！他可能恰好出差，爸爸就委託他「暗中」保護我，「暗中」照顧我……這太容易了。他們在火車站是接過頭的。可惜他不打自招，居然說什麼「父母得隨時知道他的情況，但不能讓孩子知道……」哈！你還眞以爲我的智商這麼低嗎？「不讓孩子知道」，哈！現在孩子知道了。

我爲我這樣明晰透徹地了解了爸爸的「陰謀」而高興，但同時又爲爸爸這拙劣的「陰謀」被看穿而感到深深的失望。「特工」都讓別人看出來了，還有什麼勁啊！

你看，老邱還在那兒繼續僞裝呢！剛才還問我姓什麼，其實他連我叫什麼早都知道了。

但，還有一點讓我高興的是，老邱並不知道我發現了他眞實的身分，我要裝著什麼都不知道。挺好玩的！這叫將計就計。

爸爸呀！爸爸呀！你眞幽默！你也眞愚蠢！你盡搞一些幽默的「陰謀」，可惜水平都太低了！本來，在家裡，你和媽媽是平起平坐的。正是因爲你搞了一次愚蠢的幽默，才「奠定」了你在家裡的地位……唉，就連這麼同情你的兒子也愛莫能助。

第四章　老邱和算命先生

一般人的幽默都是靠語言來表達的，我爸爸卻與衆不同，他不但用語言，而且用行動。說到行動，你不能不佩服他的勇氣和膽略。

那年我四歲，正是那個屁事不懂，稀里糊塗的年齡，正是那個只知道「索取」而不知道「給予」的年齡，正是那個撒嬌耍賴，而使父母無可奈何的年齡。

正是那個時候，我和商店的玩具櫃台結下了不解之緣。只要一進商店，便會有一隻無形的大手拽著我向玩具櫃台跑去，參觀遊覽之後便要帶一兩樣東西回家。不給買就哭！這是爸爸最尷尬的時候。

面對售貨員的臉色，圍觀人的目光，媽媽主張將我拖出去打屁股，爸爸臉上就出現一種十分古怪的神色。當時，我知道，一旦周圍圍了許多人，一旦爸爸臉上出現了這種神色，我就大哭不止，志在必得。而結果總能如願以償。

回到家，免不了受爸爸媽媽合力的懲戒。但小孩子總是記吃不記打。下次到了玩具櫃台前，我還依然故我，舊景重現。

我雖然這樣渾球兒，這樣任性，但我有兩個不容忽視的「優點」。第一，我從來不毀壞玩具，不但不毀，反而十分愛惜。第二，一個玩具在玩過兩次之後便失去興趣，擱置一邊，不再理睬……

這兩個「優點」被爸爸發現了，於是他便設計一個「陰謀」。他與玩具櫃台的經理經過反覆的懇求與研究，達成一個協議。買了玩具以後，三天之後保證退還，條件是，爸爸要保證玩具完好如新。商店將買玩具的錢退給爸爸，扣除百分之五的手續費……既然是「陰謀」，當然不能告訴我。

從此以後，我要買玩具，爸爸便不再憂鬱。至於價錢特別昂貴的玩具，爸爸稍加阻攔，我也就變得非常「通情達理」。

在家裡偶爾我要尋找那些早已悄悄回到商店的玩具的時候，爸爸反而責怪我，說是我不應該隨便亂丟，還說什麼再也不給買了的威脅的話。我便成了挨批評的對象。我從原告變成了被告，不敢再做進一步的追查。何況有了新的，也就不再想舊的了。

唉！小孩兒還不好唬嗎？這一切都是長大以後，爸爸告訴我的。就這樣，這個「陰謀」持續了兩年，爸爸「滿足」了我兩年，也「捉弄」了我兩年。直到那個經理調走，新經理不再同意爲止。我也到了混沌初開，懂點事的年齡。

爸爸好不得意，認爲是他的智慧和幽默才造就了這樣兩全其美的狀態。

我笑著對爸爸說：「你騙了一個小孩子，於心何忍？」

爸爸也笑著說：「你讓一個清貧的爸爸每月拿出一半的工資爲你買玩具，於心何忍？」

我說：「我小，我不懂事呀！」

爸爸說：「你小，我不小哇，所以我才想了這麼個辦法。否則，爲了你的玩具，我們全家人都要喝西北風的……」

我們倆一起笑了起來。

千不該，萬不該，爸爸把這個方法當成了「放之四海而皆準」的眞理。

這個方法在兒子身上奏效之後，他居然把它用在了媽媽的身上。爸爸最討厭也是最懼怕與媽媽逛服裝商店的。首先，他對那些服裝根本不感興趣。

「瞎看什麼呀！也不買！」爸爸小聲說。

媽媽說：「我倒想買呢！你有錢嗎？買不起，連看看也不可嗎？」說著，媽媽還不時地拿過一件衣服在身上比來比去，有時還穿上過過癮：「你看這件怎麼樣？」

還沒等爸爸說話，售貨員就先吹捧起來：「喲！這位大姐！這衣服好像是專爲您做的，這種花色的衣服，我們商店只進了五件，那四件都讓人買走了。您買吧，穿上好像年輕了十歲……眞的！」

在這些引誘購買的言詞面前，爸爸就十分緊張。明知道不買，卻眼瞧著售貨員付出的熱情成倍的增加。這熱情可不是白給的！如果不買，這情分怎麼還呢？他乾著急，他總不能把媽媽拖出去打屁股吧！

媽媽這時反而愈加執著。一邊在鏡子前面反覆欣賞，一邊還向售貨員打聽價錢……

對於爸爸來講，這種尷尬與不給兒子買玩具，兒子大哭的情景不是大同小異嗎？媽媽不哭，但那眼神卻比兒子的哭更觸及爸爸的靈魂。而且那衣服的價錢可就不是半個月的工資能解決問題的了。

由於媽媽對服裝堅持不懈的熱愛，高檔的買不起，低檔的，樣式新一點的也就經常買回一些，時間久了，大衣櫃裡都擠不下了。

有一個祕密被爸爸發現了。

雖然說買衣服就是爲了穿的，但實際上，只有幾件衣服經常穿，大部分衣服卻只穿兩次就擱置一旁——就像我玩玩具一樣。或者是有人說這衣服不好看，或者是看見大街上有許多人穿……好像買衣服的過程就是目的，至於穿不穿那是沒有意義的。時間長了，媽媽甚至忘記了有些衣服的存在。這就給爸爸造成了機會。

於是，爸爸就把在我身上取得的成功經驗應用在媽媽的身上。他又與服裝櫃台的經理去談判。這位經理非常同情爸爸的「遭遇」，而且讚賞爸爸，說是一個非常聰明的辦法。如果取得經驗，可以向許多人推廣，這裡不但有智慧而且有幽默……從長遠看來，也是服裝打開銷路的好方法……說得爸爸高興得直搓手心。當然，手續費是不能少的……

從那以後，爸爸再與媽媽逛服裝商店的時候，就變得比較瀟灑了。當媽媽對一件衣服實在愛不釋手的時候，爸爸就說：「既然這麼喜歡，就買了吧！」

這回輪到媽媽猶豫了，她眼睛瞪大：「哪有錢呢？」

爸爸就說：「學校發了獎金，錢數和這件衣服差不多……」

媽媽眼睛變得亮亮的，彷彿第一次看到爸爸的價值，如果不是當著眾人，她一定會像個小孩子似的擁抱爸爸……

一段時間內，家裡變得安定團結，每個人的一言一行，一舉一動都洋溢著諒解和平的氣氛。

爸爸當然不是傻瓜，對那種媽媽特別喜歡，穿起來沒夠的衣服，他只能忍痛「犧牲」。只是對那些興奮一時又馬上受到冷落的衣服進行送還工作……這工作說說容易，眞做起來可是千難萬險，如履薄冰……買衣服容易，送衣服難。買回的多，退回的少。送還一件衣服，爸爸必須經過察言觀色，反覆研究、推測、判斷……還要加上十足的勇氣才能完成……

爸爸犯了理論脫離實際的錯誤。正當他準備結束這「危險」的行動的時候，他的「陰謀」被識破了。

那天，媽媽要找一件她已經很久不再穿的衣服，要去參加同事的婚禮。

爸爸眨著眼睛說：「妳有那麼一件衣服嗎？」

媽媽閃著堅定的目光說：「肯定有！」

「你一定是放錯了地方！」

「不可能，我就放在大衣櫃裡！」

「找不到就先穿別的衣服吧！」

「我一定得找到，那麼貴重的衣服！」

「我看你並不怎麼喜歡它，你根本不穿！」

「我是捨不得！」

媽媽就像一支獵槍，爸爸就像一隻開闊地裡奔跑的野兔，不論野兔怎樣躲閃，獵槍的槍口總對著他。

爸爸終於說了實話，爲此他付出了「慘重」的代價。媽媽委屈地嚎啕大哭。

媽媽說：「你不是說用獎金買的嗎？原來你根本沒有獎金！」爸爸說：「不是根本沒有，是有一點……」

「那錢呢？」

「都付了退衣服的手續費了……」

從此以後，爸爸在媽媽面前的地位明顯下降。爸爸只要一提到幽默，媽媽立刻就劈頭蓋臉地反擊他。

我長大了，當爸爸跟我講起這件事原委的時候，他十分懊悔地說：「我上了那個服裝經理的當了……」

「當初，你要和我商量一下，我是無論如何不會讓你幹這種蠢事的！」我說。

爸爸搖搖頭：「你那麼小，根本沒有議政能力。再說，當初如果大吵大鬧找那些丟失的玩具，我也會得出教訓的。怎能再幹後來的蠢事？正是在你身上取得成功，我才敢在你媽媽身上實踐的……」

我說：「唉呀，你唬得了小孩兒，唬不了大人呀！」

爸爸說：「誰說不是呢？可就沒有人提醒我呀！那個經理還支持我……」

我心中一動，問：「你設計『陰謀』爲我買玩具的事，媽媽知道嗎？」

爸爸說：「她知道呀！而且她是幫兇！」

我說：「那媽媽就不對了，怎麼唬我可以，唬她就不行呢？」

爸爸忽然握住我的手，眼睛閃閃發亮：「對呀！你說得對呀！在這件事裡，我根本沒有錯誤，我根本沒有必要向她做檢討。她對別人嚴，對自己寬，如果說這是錯誤的話，她應該首先向你檢討……」

我說：「這算什麼錯誤呀！如果說要眞算錯誤的話，就是因爲我們沒錢，沒有錢算什麼錯呀！」

爸爸激動了：「你眞是我的好兒子，你說到爸爸心眼兒裡去了。如果你媽媽發現這件事以後不是和我吵，而是說，親愛的，你可眞幽默。她如果那樣理解我，那將是一種什麼氣氛。可是她沒有，她一點幽默感也沒有……」

我說：「就是，如果像歐．亨利的小說裡寫的那樣，丈夫賣了自己的手錶爲妻子那漂亮的長髮買個髮夾，而妻子又賣了自己的金髮爲丈夫買了錶帶，那是什麼樣的愛……」

爸爸一下子抱住我：「你讀過這篇小說！」

我說：「我從小人書裡看的！」

爸爸又說：「你比我盼望的還要滿意，你太客氣啦！」

「那還不是您培養教育的結果，您太客氣了……」

我們開心地笑起來。

我說：「我們去和媽媽談談……」

「談什麼！」

「服裝問題！」

爸爸鬆開我，有些黯然地說：「談什麼呀！這已經是六年前的事了……」

我聽見有人在叫我：「小夏！笑什麼呢？」

我一抬頭，看見對面的老邱正在笑咪咪地看著我。

我又聽見了火車的隆隆聲。

我愣了一下神，看見老邱彷彿洞察一切的樣子，又忍不住笑起來

——他還在繼續裝模作樣。

老邱被我笑得有些發毛，這正是我所高興看到的。我在老邱身上彷彿看到爸爸的影子。要眞的讓我經風雨、見世面，就勇敢地把我拋向社會，幹麼還這樣苦心安排一個「特工人員」呢！我甚至推測出老邱就是下了火車與我接頭的「地下工作者」。我眞高興，爸爸哪是鍛鍊我！這不是故意給我提供了一個開心的機會嗎？

我說：「我笑您長得像一個人……」

老邱正色道：「這是什麼話，我不像人，難道還像動物不成？玩笑可不是這樣開法！」

我趕緊糾正說：「您長得像我熟悉的一個人，實在對不起，我沒表達清楚！」

「你這樣說話，作文將來可要成問題，連個意思也表達也不清楚！」老邱餘怒未消。

我知道自己理虧，又說：「實在對不起，邱叔叔……」

他看我眞心實意，也就原諒了我，又笑著問：「長得像個人就笑成這樣，我要長得像個狗熊猴子什麼的，你還不笑掉下巴？」

「我也不知為什麼笑！」

「你說我長得像誰？」

「像我爸爸……」

「什麼？像你爸爸！」

「對！外表不太像，我指的是神似！」

老邱笑了：「看不出你這個小傢伙，眼睛還有這樣的穿透力。說說看，我和你爸爸哪一點神似？」

我說：「你和我爸爸一樣認眞，也一樣幽默。」

老邱瞇起眼睛：「我哪一點表現讓你覺得我認眞了，又是哪一句話讓你覺著幽默了？」

「總體感覺——」

「總體感覺？你爸爸是幹什麼的？」

「您還不知道嗎？」

「我怎麼會知道？」

我笑而不答。這老邱的警惕性還是滿高的。

這時，那位小笑眼叔叔又來插話了：「嗳，這位老邱同志，您是做什麼工作的？」

老邱轉過臉：「你看呢？」

小笑眼叔叔將屁股往前挪了挪：「我看，您是個知識分子……」

老邱不以爲然地說：「有什麼知識呀？說是分子就更不敢當！」

小笑眼說：「喲！可不敢那麼說，國家現在可重視你們呀……值錢！您具體是幹什麼工作的？」

老邱說：「我是搞遺傳工程的……」

小笑眼顯出無限敬佩的神色：「啊！您是搞工程的，那可來錢！大筆一揮，畫張圖紙好幾千塊……要說，也不容易，沒有圖紙，那大樓不就全蓋歪了不是！」

我暗自好笑，這小笑眼把遺傳工程當成了土木工程。沒等我說話，「女教師」已經反駁他說：「遺傳工程不是蓋房子，遺傳工程是生物學的一個門類，專講遺傳的……」

小笑眼愣了一下說：「我知道，遺傳我還不懂？不就是講兒子像爸，閨女像媽，龍生龍，鳳生鳳，老鼠兒子會打洞嗎？我懂！我不過是打個比方。誰不知道遺傳……老邱同志，您說我說得對不對？」

老邱無可奈何地點點頭：「差不多是那個意思，但說到人的成長，那因素是多方面的，也是很複雜的，要說龍生龍，鳳生鳳，那就不是科學了……」

小笑眼馬上接過去：「就是！我就是這個意思，老邱同志說得對。俗話說，龍生九子，子子不同。十個指頭伸出來還不一般齊呢！哪能都一樣呢？」

我暗暗吃驚小笑眼的本領，他能把本來錯的東西硬往正確的東西上靠，靠了一會兒，錯的東西就成了別人的，他倒成了正確的代言人。這不是胡攪蠻纏嗎？可他卻義正辭嚴，結果勝利還是屬於他的。發言權還牢牢掌握在他的手裡。

「女教師」被氣得幾次想打斷他，但插不上嘴，好不容易插上嘴反駁，但時機已過——正確已經屬於小笑眼。正確還有什麼可反駁的！只好瞪著眼睛嗑瓜子。

小笑眼根本不管別人的心理和情緒，一旦允許他發言，他就有永遠占領「講台」的決心。他又說：「這位老邱同志，不是我奉承人，我上了車就一直看你的臉——」

「噢！我的臉有什麼好看的！」

「您不但有才而且有福，臉上全帶出來了……」

老邱笑著說：「怎麼，你會相面？」

小笑眼眼睛更小了：「不敢說會，有點研究，算是業餘愛好！」口氣相當的謙虛。

我環顧四周，發現幾乎所有人都目不轉睛地看小笑眼。「女教師」不再吃瓜子，前嫌盡棄。就連那位「嘰嘰嘰嘰」也不知什麼時候坐了起來，臉上也沒有了那種令人討厭的自私相。隔壁的「格子」裡也有人圍在我們四周。只有那位「年輕的菸鬼」仍然抽著菸望著車窗外。他好像不屬於這個世界。不過他的形象倒引起了我一點好感——他有點像美國驚險片裡那種不苟言笑，獨來獨往的男子漢，可惜瘦了點。不過，人不可貌相……

小笑眼也環顧了四周。他爲他成爲了談話的中心而非常得意，說話的速度明顯地放慢了。他不怕再有人插話。聲音雖然小了點，但底氣卻愈發地足了。

他從上衣口袋裡掏出一張米黃色的名片，遞到老邱手裡。老邱看過以後遞到我的手裡。在大家都沒有看到這張名片的時候，老邱卻把它第一個傳給我。這微小的動作進一步說明他把我看成是「自己人」。我爲我能有這樣的「地位」而暗暗高興。

名片上這樣寫著：

人生心理諮詢研究所

尤啟發（大師）

後邊有人拍拍我的肩膀，我把名片遞了過去。當名片最後又傳到老邱手裡的時候，小笑眼說話了。他指著老邱鼻子和嘴之間那道溝溝說：「您的人中很長，這主福貴……」他又指著老邱的寬腦門兒和老邱的鼻子分別說：「你的印堂和土星都閃閃放光。這說明近期有人與你謀事，長工資提級自不必說，弄個司局長當當恐怕也就是半年之中的事……」

老邱笑笑：「你這種說法和麻衣相書不是一樣嗎？」

我雖然不知道麻衣相書是什麼書，但老邱卻知道它，我爲老邱知識的淵博而暗暗叫好。

小笑眼急忙解釋道：「老邱同志，這您就外行了。麻衣相書有它不科學的成分，但也有它科學的成分。我們人生心理諮詢就是博採眾長，拋棄它不科學的地方，採用它科學的部分，化腐朽爲神奇。即便是麻衣相書，也有個活學活用、立竿見影的問題。這裡要吸收骨相學、《易經》、生物學、物理學、數學，包括氣功等等好多好多的學問才行……」

聽小笑眼這樣雲山霧罩地一說，眞讓人莫辨眞假。他的名字起得也神，叫什麼尤啓發！聽他說話或許眞讓人有點啓發。

老邱微蹙眉頭，眼裡露出一絲讓人不易覺察的懷疑神色，可卻讓我清清楚楚地看到了。我立刻想到，老邱是什麼學問！搞遺傳工程的！他見多識廣。他既然懷疑，這個小笑眼說不定是個騙子，起碼是個不學無術的侃爺。

但老邱極有涵養，並不說話。

他不說話，小笑眼卻來勁了：「老邱同志，你這個人雖然才華橫溢，但年輕時卻不順利，能有今天這樣的成績都是經過艱苦奮鬥，自力更生得來的。你年輕坎坷，中年順利，晚年必有大富大貴……」

老邱又是微微一笑：「你看看我兒子怎麼樣？」

小笑眼拿起老邱的右手，一會兒讓手伸平，一會兒又讓手縮起來，煞有介事地看了一會兒，又凝視思索片刻說：「兒子命比你還好，書香門弟，子承父業，平步青雲，漂洋過海，周遊世界。好！好！你兒子貴不可言……」

聽他這一番話，我已經明白老邱為什麼懷疑他了。整個一個胡說八道。我轉臉去看老邱，忽然發現他的臉上沒有了表情，也不贊成，也不反對，既不悲，也不喜，彷彿在思考什麼。定睛一看，那臉上分明寫著「痛苦」二字。

小笑眼說到這裡已經是口若懸河，大有一發不可收的架式。讓人可氣的是，除了我和老邱之外，其他人居然還聽得津津有味兒。人們的智商怎麼都這麼低呀！老邱也是，你不反駁，別人還以爲你默認了。一個想震一震小笑眼的想法忽然從我腦子裡跳出來。

我要震一震這個小笑眼，拯救老邱於痛苦之中，拯救大家於混沌之中。如果一路上光聽一個人毫無意義而且令人厭倦的嘮叨，那可太虧了。我的義憤使我想出了辦法。

我說：「我也會算命，我不算遠的，專算眼前的；不算空的，專算具體的。」

小笑眼一看地位有危機，急忙說：「小孩子瞎攪和什麼？好好聽著，長學問！」

我正色道：「你也好好聽著，如果你會算，你說說老邱這次坐火車的目的是什麼？」

我這樣一說，車上的人都愣了。他們好像已經發現眼前這個「小孩子」絕非等閒之輩。

小笑眼急忙掩飾說：「坐火車有什麼好算的，無非是開會、探親、旅遊吧……」

我說：「不！老邱這次坐火車還有一個重要的任務！」

這句話可是有分量，所有的人一起看看我。老邱也緊緊地盯著我。就連窗前那個「年輕的菸鬼」也回過頭來。

第五章　年輕的菸鬼

火車隆隆地響著，偶爾與對面過來的火車擦身而過，汽笛發出一種巨大的由強變弱的像長號那樣的下滑音。感覺在坐滑梯，從高處飛快地滑向谷底……

老邱眼睛緊緊盯著我，似乎有些緊張地問我：「你談談，我有什麼特別任務？」

我心裡有數，故意慢慢說：「我也不用詳細講明，只說一部分，要是對，你就點點頭，點到爲止怎麼樣？」

「點到爲止」是我在武俠小說裡看到的一句話，武林高手們經常這樣說。用到這裡，非常合適。我覺得我和老邱的關係最好不要全說清楚。這不但對我有利，而且還特別好玩……

沒有想到，這段話卻發生了意想不到的效果。如果剛才大家看我的目光是好奇的話，那麼現在這目光卻分明露出了幾分驚訝和敬重來。

「快說呀！」大家一起催促我。

我又一次環顧四周後，對老邱說：「你這次旅途並不輕鬆，因爲你還要照看一個比你年輕許多的人……」

老邱的眼睛瞪大了。

我接著說：「你對他負有責任，你要對他的生活和安全負責，但是……」

老邱忽然按住我的手：「小夏，不要說了！」

我不說了，臉上露出微笑。

好半天，老邱又問：「你怎麼知道的？」

我故弄玄虛：「就憑我的直覺……」

小笑眼急忙問老邱：「這小子說得對嗎？」

老邱點點頭。

周圍的人群頓時熱鬧起來，許多人把臉正對著我，像在照鏡子，指著自己的鼻子：「嗳，幫我看看。」

小笑眼立刻沒有了光彩。我暗暗爲自己叫好，首戰告捷！我長了這麼大，從來沒有在這麼多大人面前得到這樣的尊重。

那位「嘰嘰嘰嘰」猛地撩開被單，趿上鞋，坐到我的面前：「小同學，幫我看看，求求你！」那天眞而虔誠的樣子讓你根本想不到剛才我們坐在她床邊那一幕。

我心裡明白，我什麼招數也沒有了。我的面前擺著兩條路，一條是老老實實地承認自己什麼也不會，老邱的事純粹是我詐出來的。另一條路就是胡謅八扯，扯到什麼結果由它去。本來就是開玩笑嘛！

面對那麼多信任而虔誠的目光，我的天性讓我不忍心騙他們。況且我也沒有胡謅八扯的本事。

一句話脫口而出：「其實我什麼也不會看，鬧著玩的……」

萬萬想不到我的這句話卻引起截然相反的效果。大家認爲我藏而不露，虛懷若谷。

「嘰嘰嘰嘰」首先表達了大家這一情緒。她近於可憐地說：「小同學，你生我的氣了嗎？……剛才我實在是太累了……想睡一會兒……對不起啊！」

她這樣一說，倒讓我十分感動。好像我不給她說幾句，就是不能原諒她似的。我如果胡謅八扯，當然對不起她，可是如果不說，似乎就更對不起她。說與不說都不好！一瞬間，我發現贏得了大家的信任的人不一定有什麼眞本事……

我轉臉看看老邱，我希望他能幫我解圍，因爲這正是他的責任，老邱應該照顧我。

老邱卻說：「小夏，你就給她說幾句吧！」

唉！這個老邱。虧你還是搞遺傳工程的，怎麼也相信這個。

我已經給推到絕路上來了。這會兒，我眞想胡說幾句，但又的確不知說什麼好，因爲我對這位「嘰嘰嘰嘰」一無所知。

沒想到，小笑眼看到有機可乘，急忙拿起「嘰嘰嘰嘰」的右手說：「來！我給妳看看！」

「嘰嘰嘰嘰」不甘心：「還是先讓這個小同學給看看吧！」

我指著小笑眼說：「妳先讓他給妳看看……如果不對，我會說話的……」

小笑眼瞪了我一眼：「喲！你可眞夠狂的！」

我故意逗他：「別客氣！別客氣！」

小笑眼受不了這樣的嘲弄：「我不看了，我不看了，讓這小東西給你看吧！」

「嘰嘰嘰嘰」又把手伸向我，像在跟我要飯吃。

我有些不明白，都說小孩子好唬，這些大人們怎麼比小孩還好唬呢？

我決定豁出去了，如果不說兩句，可眞對不住「嘰嘰嘰嘰」那渴望的目光。說不出別的，還不會說點祝願的話嗎？

我說：「妳這個人表面上很厲害，但心裡還是很善良的……。」

「嘰嘰嘰嘰」連連點頭。

我又說：「妳雖然現在有些不順心的事，但沒有翻不過的山，過不去的河。山窮水盡疑無路，柳暗花明又一村，只要妳真誠地對待別人，妳也會得到別人的友誼……。」我把爸爸平時囑咐我的話，原封不動地照搬過來。

「嘰嘰嘰嘰」又連連點頭。

我沒有了話，「嘰嘰嘰嘰」追問道：「還有呢？」

「就這些！沒了！」

「你再給說點……」她懇求道。周圍的人也說：「你再說具體點！」

面對這些真誠的目光，我可真是手足無措。再說什麼呢？說「五講四美三熱愛」！說「你好」、「謝謝」、「對不起」！又都不合適。忽然，我筆記本裡記的那些格言忽地從腦海裡冒出來。我急忙挑了一條說出來。好像是哪位作家說的：「人世間，比青春再可寶貴的東西實在沒有，然而青春也最容易消失。」

「嘰嘰嘰嘰」眼裡閃著晶亮的光芒：「你再說點。」

我又挑了一條，又忘了是誰說的：「人生最美好的，就是在你停止生命時，也還可以用你所創造的一切爲人們造福……」

「嘰嘰嘰嘰」問：「你是說我將來的事業一定能取得很大成功，在我死後還能爲人們造福？是嗎？」

我點點頭，笑而不答。

老邱在一旁微笑地看著我。

小笑眼忍不住說：「這叫什麼看相呀！這不是賀年片上的詞嗎？純粹瞎矇。」

周圍的人也有點興趣索然，十分不滿足的樣子。「女教師」則公開打起了哈欠，我又很不明白，爲什麼大人們對那些玄而又玄，胡謅八扯的東西感興趣。而對我說的明明是美好的祝願和眞理又這樣冷漠呢？

我靈機一動，心想，你們既然對實話不感興趣，我就給你們撒個謊吧。

我說：「我會催眠術！」

果然，大家眼裡又開始發光。

小笑眼說：「牛皮不是吹的，泰山不是堆的。你要眞會，就給我們當場表演表演。」

我指了指靠窗坐的「年輕的菸鬼」：「好吧！我就用他來做實驗！」說實在的，當時，我也不知道我爲什麼選中他。我只是覺得只有他沒有考考我的願望，只有他是這個談話世界之外的人。

大家一致贊成之後，我走到「年輕的菸鬼」眼前，在大家正忙著讓座的時候，對著他的耳朵悄悄地說：「其實我什麼也不會，你和我配合，唬唬他們……。」

「年輕的菸鬼」眼睛一亮，什麼也沒說。我知道我成功了一半，心裡十分激動。

我大聲說：「請你站起來！」

「年輕的菸鬼」站在車廂當中。

我煞有介事地將手放到他的頭頂上大約十公分的地方，一邊慢悠悠地擺動雙手一邊念念有詞：「在這旅途非常疲勞的時刻，你累了……在這窗外隆隆作響的火車裡，你睏了……你想睡覺……」我的手在他的頭上已經擺動了兩個圈。他的眼睛仍然睜著，我心裡有點著急，但我繼續說：「現在，你就在那寧靜的房間裡，就在媽媽的身邊……你睏了……

你想睡覺……」

「年輕的菸鬼」眞是個好演員。他的目光顯得呆滯，身體微微搖晃。當我的手劃過第五圈的時候，他的眼睛慢慢閉上了，身體搖晃的幅度也加大起來。他的表演感染了我，我彷彿也進入了角色，好像我眞的就是位會催眠術的法師，戲越做越眞。眞得讓我都不敢相信。

我的手又在他的眼前劃圈：「睡吧！睡吧！你在旅途上已經十分辛苦，你太累了，現在需要休息……睡吧！」

周圍安靜極了，所有的人都瞪著驚訝的眼睛。

我向大家宣布說：「他已經進入了催眠狀態，但和我們普通的睡眠不一樣。他腦子裡的許多細胞仍然活躍著，他可以回答問題……但對自己說話卻全無知覺。」我因爲經常看奧祕雜誌，所以對催眠術的描繪知道一些。

小笑眼説：「問問他是幹什麼的？」

我問：「你是做什麼工作的？」

「菸鬼」用沒有語氣的聲音喃喃地說：「我沒有工作……」

「嘰嘰嘰嘰」問：「你住在什麼地方？」

「菸鬼」沒有回答。

我問：「你住在什麼地方？」

「四海爲家……」

「女教師」問：「你問問他，什麼學歷？」

我重複問了一下。

「菸鬼」回答：「我初中畢業，但我希望我從小學重新上起……」

我怕「菸鬼」站著太累，於是拉著他走到床邊，讓他躺下，剛一躺下，就輕輕地打起呼嚕來，他表演得太好了。他比車廂裡所有的人都有幽默感。我趁機說：「他已經睡得很熟，不能再回答問題了。」

周圍的人都深深地嘆了一口氣，一起將目光轉向我。

老邱問我：「眞的假的！」

我說：「你自己看嘛，我根本不認識他……」

小笑眼說：「眞神了！想不到，你這麼小居然有這樣的手段！」

周圍的人嘴唇嘖嘖作響。

我知道，我已經取得了巨大的成功。這會兒，我心裡十分感謝我的爸爸。幽默萬歲！

我猛想起了我的這位「捨生忘死」的合作者，我不能讓他躺在那裡總裝睡。我急忙走到他的身邊輕聲說：「清晨已經來臨，太陽已經照耀，小鳥在樹上唱歌，春天多麼美好……你該醒來了。你睜開眼睛吧……」

「年輕的菸鬼」慢慢睜開眼睛，愣了一下說：「喲！我怎麼睡在這兒啦……」

「嘰嘰嘰嘰」說：「剛才跟你說話你知道嗎？」

「年輕的菸鬼」搖搖頭：「我說夢話了嗎？」表演十分逼眞。

我的本領不但震驚了我們這個格子裡的旅客，而且立刻傳布了整個車廂。

吃晚飯的時候，這種情緒達到了高潮。「女教師」把她親手做的涼麵放在飯盒蓋裡遞給我。「嘰嘰嘰嘰」親手削好一個蘋果給我。「小笑眼」非要請我去餐車吃飯，並小聲懇求我將催眠術的「咒語」教給他。我沒隨他去，只告訴他，學這種本領非得有品德證書，否則心術不正的人學去不得了。他說，這種證書他沒有，但他有工作證，保證不是壞人。賣盒飯的服務員來了，老邱給我買了一盒。我看見「年輕的菸鬼」

不吃不喝，就把盒飯遞給他。他沒有推辭，老邱也沒有說話，又多買了一盒。我堅持要吃自己的生力麵。老邱說生力麵裡有防腐劑，多吃了不好。於是我堅決要自己付錢。老邱說這是他的一點心意。我只好收下了。

面對大家這樣的盛情，我把我帶的西紅柿和黃瓜分給大家。大家非常高興地接受了。車廂裡響起一片嚼黃瓜的嘎吧嘎吧的聲音。這是我生平吃得最有意思的一頓晚飯。

吃飯的時候，不斷有其他「格子」的旅客求我來給他們算命。於是以小笑眼爲首的大家一起給我擋駕，說我太累了，而且正在吃飯，希望不要打擾之類。我看得出，他們把我當成了這個「格子」裡的集體財產。爲「格子」裡有了我這樣一個「人物」而感到自豪。

吃完飯，我主動爲大家去打水掃地。大家更是稱讚不已，連說我這個孩子不但有才，而且品德高尚，助人爲樂。大家越是這樣表揚，我越是覺得對不起大家，幹得也越加起勁。當然，我還有點小私心。每次掃地的時候，總愛把老邱腳下多掃一會兒，每次打水回來的時候，總要將老邱的水杯斟滿。這樣，將來老邱向我爸爸匯報的時候，我就會以模範的形象出現……

可笑的是，在我做好事的時候，有幾個根本不認識的旅客多次來搶我的掃帚，來搶我的暖水瓶，說讓我省點時間爲他們「說說」。我說這可不行，師傅說要經常做好事，要積德行善，這是別人不能替代的，否則就連這點小小的本領也沒有了。這樣一說，他們才無可奈何地放開我。

就這樣，熱熱鬧鬧，高高興興地度過了將近一半旅程。我雖然累，但心裡十分愉快。當我爬上「樹」，躺在「小窩」裡，火車的有節奏的震動就像一個搖籃，它使我還沒來得及回憶這一幕幕令人興奮的景象時，就已經睡著了……

我迷迷糊糊地被人推醒了。抬頭一看，只見老邱正爬在「樹」的中間說：「小夏，再見，我要下車了——」我猛地爬起來，腦袋碰到了車頂上。我顧不上疼，急忙問：「什麼再見？……青島到了嗎？」

老邱說：「青島沒有到，這是濟南，我們要在濟南站下車。」

我愣了，迷迷糊糊爬下來，穿上鞋，只見老邱已經收拾妥當，手裡提著個箱子。

好像是很晚了，車廂裡的燈全都熄了，其他人都已經睡著了，只有「年輕的菸鬼」坐在白天我坐過的位置上。

我急了，說：「你不是要到青島嗎？」

老邱說：「我什麼時候說我要到青島了？」

我心中一動，急忙問：「請問，有老鼠牌鉛筆嗎？」

老邱一愣，他用手摸着我的腦袋說：「你說什麼呢？你還沒睡醒吧？」

我說：「我醒了，我說的是暗號！」

老邱笑了：「什麼暗號，我不知道……」

我說：「你不是爸爸派來照顧我的嗎？」

老邱愣了：「孩子，你醒了嗎？」

我說：「醒啦！」

老邱沒有說話，他拉著我走到車廂與車廂連接處。那裡的燈依然亮着。

老邱點著了一支菸又對我說：「小夏，我原來不想叫醒你的，但我非常喜歡你，你很聰明，也很善良。我想，我要能有你這樣一個孩子就好了……所以，我要叫醒你，告訴你有一個像我這樣的人多麼喜歡你……你要珍惜自己……你聽見我的話了嗎？」

我點點頭。

老邱問：「剛才你說什麼？」

「你不是我爸爸派來照顧我的嗎？」

老邱搖搖頭：「不是！我根本不認識你爸爸！」

「下午，我說你這次旅途要照看一個比你年輕許多的人，你爲什麼承認了呢？」

老邱拉住我的手說：「是的，因爲我要照看我的兒子……」

「你的兒子？」

「是的！我的兒子……」老邱向車廂裡指了指：「你還給他做了催眠術……他剛從監獄裡放出來，我要帶他回老家……」

我驚呆了。我怎麼也想不到那「年輕的菸鬼」會是老邱的兒子，而且居然是從監獄裡放出來的。我喃喃地說：「邱叔叔，對不起，我要是知道這件事，我不會說那些話的。」

老邱說：「我要感謝你。我的兒子認爲這個世界都把他遺忘了。在車廂裡他認爲大家都把他遺忘了，可是你在做催眠術的時候卻偏偏找到他。你不知道，我當時是多麼地感激你……將來等你當了父親，你就會明白的。」

我說：「邱叔叔，我的催眠術是假的……」

老邱說：「我知道，可我把它當成是眞的。當我的兒子開始和你配合的一瞬間，我非常激動，這說明他又燃起了對生活的希望。當他在『夢』中說他想重新上學的時候，我的眼睛都濕了……」

濟南車站到了。

「年輕的菸鬼」從車廂裡走了出來。沒有說話，他只輕輕地拍了一下我的肩膀，走下車。

老邱對我像大人一樣的信任，使我自己也覺得莊重起來。我想安慰他，但不知道說什麼。

老邱握住我的手：「替我問你的爸爸好！他有個好兒子！」

我跟著走下車，望著老邱和他兒子消失在昏黃的燈光裡。在我的感覺記憶裡驟然又多了一種滋味……

第六章　誤入歧途

我睡得正香甜，又一次被人推醒了，只見上車時給我「換票」的那位女列車員站在我的眼前。我抬頭一望，只見她兩腳踏在兩個中鋪上，一隻手正野蠻地拽我身子下的褥單。

「哎！我還沒起呢！妳怎麼這麼沒禮貌！」

「少廢話，快起來！收拾床鋪了……就你事兒多……」

我無可奈何地從「樹」上爬下來，只見地上堆滿了被單和枕巾。所有的床上都成了「光板」。我們「格子」裡所有的人正手托下巴，睡眼惺忪地發呆呢！那神態哪裡像是旅行，倒是像「逃難」。其他格子裡的人也是這樣。昨天找我算命時的熱情早已煙消雲散。

「嘰嘰嘰嘰」熱心地對我說：「快洗臉漱口去吧！待會兒，水該沒有了。」

「青島到了嗎？」

「快了！還有一個鐘頭……」「嘰嘰嘰嘰」看了看手錶。

我記起了，我的手上還戴著爸爸送給我的手錶。太遺憾了，從上車到現在，我還沒有看過它。這會兒，我低頭看了看，剛剛早晨六點鐘。

等我洗漱回來，地上的「單子」們已經被列車員「集合」好，堆在車廂的一角，像個小山包。旅客們也都逐漸清醒過來。那景象使我想起了那首歌頌戰鬥英雄的歌曲——軍號已吹響，鋼槍已擦亮，行裝已背好，部隊要出發……人們已經懶得談話，好像座談會已經結束。其實還有四十五分鐘呢！如果在學校，老師可是不會白白放過這一節課的時間。

晾毛巾的鐵架上只剩下我的毛巾。當那乾燥而柔軟的毛巾又貼在臉上的時候，我不由得想起了老邱……一股說不出的滋味又湧上心頭。

「噯噯噯噯」給我遞上一張名片說：「小夏，有空找我去玩……。」

從名片的字上來看，她是一位歌舞團的女歌星。

我抬頭看了看她，她友好地微笑著，那表情果然像女歌星。只可惜我從來沒有聽到過她的名字。

小笑眼像是剛剛想起了什麼事情，急忙從書包裡掏出一個小黑本和一枝鋼筆遞給我：「小兄弟，給我留個地址，我一定去找你。」

我說：「我還不知道住在什麼地方哩。」

「啊，那你怎麼辦？」

「有人來接我──」

他長長地鬆了口氣：「唉！你這樣的人才，到哪兒也不愁吃喝呀……請把你北京的地址留給我好嗎？」

我把地址留給了他。他又給了我一張昨天曾經領教過的名片。小笑眼謙卑地說：「眞是山外有山，天外有天啊！在你面前，我實在不敢稱什麼大師……慚愧！慚愧！」

青島終於到了。

車還沒有停穩，車上的人已經提著各自的行李，擠滿了車廂門口。眞有一種各自逃命的感覺，沒有人再搭理我。這時，透過車窗，便看見站台上出現許多探尋的、微笑的臉。有些幸運的傢伙已經發現了目標，便隨火車小跑起來。

我的心裡頓時開始不安起來。我的那位「革命同志」也不知道來了沒有？

當我站在車門口，看著那一張張渴望見到親人、見到朋友的臉，我忽然有這樣一種感覺：我覺得他們就像一隻隻蝸牛，伸著長長的觸角，左顧右盼。那觸角就像電視機的天線，頂端的兩個小黑點也清晰可見。一旦發現了目標，那觸角便倏地一下子縮了回去。蝸牛便變成了一隻愉快的小蜜蜂，嗡嗡地叫著飛了過來……

我下了車，混在擁擠的人流當中，我多希望發現一隻屬於我的「蝸牛」啊！

只見那些「蝸牛」的觸角一個個地縮了回去，可惜沒有一隻是爲我而縮回去的。

「蝸牛」已經不多了，我的心開始不安起來。我希望那最後的一隻

「蝸牛」是屬於我的。那隻「蝸牛」應該是找不到目標的。那我立刻就會走過去說，有蝸牛牌鉛筆嗎？——不對，應該是有老鼠牌鉛筆嗎？

沒有想到，只是短短的一分鐘，車站上已經變得冷冷清清了。只有一隻「蝸牛」慢慢爬行著，可惜他沒有觸角，但我還是急忙走過去。我失望了——他正在用一個長把掃帚清掃站台上的垃圾。

走到出站口排隊出站的時候，我又興奮了。因爲我看見車站的鐵欄杆外還有許多「蝸牛」，他們正伸著觸角向站裡觀望呢！

我最後一個走出車站。果然有兩個年輕的男「蝸牛」走到我跟前問：「小伙子，要車嗎？」

我愣了一下，急忙問：「請問！有老鼠牌鉛筆嗎？」

兩隻「蝸牛」也愣了一下，相互看了看，其中一個對我說：「沒有！但我們可以給你開發票，開多少錢都行，開住宿費、餐費都行……」

我雖然聽不大明白，但我知道他們不是我的「革命同志」。我不能耽誤時間，我必須盡快找到我那一隻。於是我擺擺手，走出人群。

剛才的一隻「蝸牛」卻不放鬆，一直追著我走到一個較爲僻靜的地方挺神祕地小聲問我：「你剛才說什麼？」

「請問！你有老鼠牌鉛筆嗎？」

他想了想，顯得很爲難的樣子：「哥們兒，你們那地方的黑話我聽不懂……你說點咱們聽得懂的。你要什麼？香菸？打火機？郵票？錄相帶？國庫券？保證不讓你吃虧！」

我急忙說：「我這不是黑話，我這是暗號……有人來接我……」

那「蝸牛」的觸角不但不收回去，反而挺得老高：「小哥們兒，我看得出你是在街面上混的，你別跟我打啞謎好不好？」

我害怕了，我發現我讓一個小流氓，起碼是個「小倒爺」纏上了。這時，我看見離我不遠的地方站著一個老奶奶，她正在那兒四處張望呢！

我靈機一動說：「你看，她就是來接我的！」說著，我逕自朝前走去。

走到老奶奶的身邊，看見她那慈眉善目的樣子，我放了心。我順順氣，調整了呼吸，湊上去問：「請問老奶奶，您是在這兒等人嗎？」

「是啊！」老奶奶回過頭。

「請問，您有老鼠牌鉛筆嗎？」

老奶奶笑了笑：「你到文具店去問問，過了前邊那個飯館就是……」

我一下子洩了氣，但還不甘心，又問：「您不是在這兒等人嗎？」

「是啊！我的兒子帶著我的小孫女去商店買東西了，我在這兒等他們。怎麼，你有事兒嗎？」老奶奶眼裡已經露出幾分警惕的目光。

「沒事兒！沒事兒！」我趕緊離開了。

我坐在一個燈桿下的水泥墩上，開始一平方米、一平方米地搜索。可惜人還沒有找到，天忽然陰下來。

左顧右盼的人沒有了。也就是說，所有的「蝸牛」都已經找到了目標。可是，我的那隻在哪兒呀？到現在，他是個男的還是個女的？是個老的還是個小的？我都不知道！爸爸呀！你可把我坑苦了。那個人說不定還沒收到你的信，他的家裡可能出了急事……這我都能理解。可是，我可怎麼辦呢？我倒是想「深入生活」啊！可是沒有人領我進去呀！我在廣場上傻坐著，等過一會兒眞的下起了大雨，我是不是就經風雨、見世面了呢？

我看見廣場上有幾面不同的彩色旗幟，那上面分別寫著「海洋夏令營」、「少年電子夏令營」、「未來作家夏令營」……每面旗幟的前邊都站著一排排身穿白衣白褲白裙子，戴著小白帽的紅領巾們。他們身邊停著好幾輛嶄新的大轎車。這幫小貴族！

人家多美呀！再看看我，簡直就像個「小盲流」。離我不遠的地方，有輛麵包車。車前也站著一幫孩子。他們高矮參差不齊，穿戴各式各樣，遠沒有夏令營的孩子那樣整齊漂亮。一個大鬍子叔叔正在他們前面吆喝著清點人數。可不管怎麼樣，人家都有人管呀！

我不由自主地湊了過去，想看看這些孩子是幹什麼的。到了麵包車跟前一看，我的心又涼了。只見麵包車的車窗玻璃上貼著一張大白紙，紙上寫著：××電視台。

噢！原來是拍電視劇的。怪不得有男有女，長什麼樣的都有呢！

這時，我猛聽見大鬍子喊：「你看什麼呢？還不趕快站到隊裡去，磨磨蹭蹭的⋯⋯」

我一抬頭，只見大鬍子正用手指著我：「聽見沒有？說你呢！」

我急忙說：「你說我幹什麼？我又不是你們這兒的！」

大鬍子說：「怎麼不是這兒的，你們的父母把你們交給我，我就要對你們每一個人的安全負責。誰要是自由散漫，可別怪我不客氣！」

這個大鬍子真可笑，明明是他認錯了人，還這樣聲色俱厲。突然，我心裡一亮，莫非他就是接我的那個「蝸牛」！

我快步走到他的跟前，小聲說：「請問，有老鼠牌鉛筆嗎？」

大鬍子瞪了我一眼：「你說什麼呢？現在沒工夫和你開玩笑！快上車！」

　　還沒等他說完，豆大的雨點已經從空中落下來了。人們四處躲藏，廣場上頃刻間空無一人。我心想，既然沒有人接我，大鬍子又這樣「熱情」，我乾脆先跟著他們，到了地方再說。正這樣想著，我已經被人簇擁著上了汽車……

第七章　包子攝製組

汽車開進一所綠蔭掩映的小學校。因爲放暑假，校園裡顯得空空蕩蕩。趁著小學生們不在，野草和野花也趁機生長起來，校園裡到處都是深淺不一的綠色。

車停下，大鬍子將我們按男女生分別安排在兩間大教室裡。床是由課桌臨時拼成的，上面有涼席和雪白的被褥。床上還用竹竿架起了嶄新的蚊帳。雖說簡單，可十分乾淨。

我立刻喜歡上了這個地方。

我在這樣的教室裡上了七年的課——但那都是坐著。今天還是第一次在教室裡睡覺，而且還有許多夥伴。能躺著，沒有大人干涉地聊聊天是什麼樣的享受啊！

唉！不要高興得太早——這個世界本不屬於我。再過一會兒，一旦搞清楚了，我就只好自謀出路。我作好了這樣的思想準備。可是，我到哪兒去找出路呢?……

大鬍子向我們宣布：上午睡覺，中午十二點鐘吃飯，下午二點鐘開會。

大鬍子走了，我把背包扔在就近的一個床上，屁股剛剛坐上去，只見一個比我高半頭的傢伙拎著包向我走來：「躲開！你到那邊去！」

我抬頭打量著這個傢伙。他除了比我高點，還剃了個禿頭，剛才戴著帽子，我沒有發現。現在禿頭一亮，平添了許多凶狠。很像武打片中那種光動手沒台詞，至多會喊著嘿嘿嘿嘿的小和尚。

我向四周看了看，還有兩個床空著，不過離教室門口比較近。現在，另外五個男孩都目不轉睛地盯著我們。他們都長得比我矮小和文弱。

讓不讓床倒是小事。可這小子的舉動帶有稱王稱霸的性質，我不能任他擺布。

我說：「那邊不是還有空床嗎？」

禿頭說：「我知道！我就要睡這個床！」

我說：「憑什麼你就該睡這個床？」就個頭而論，我不是禿頭的對手。如果禿頭好好和我商量，其實我睡在哪兒都是不在乎的。可他卻當著這麼多人讓我下不來台，想讓我當眾俯首稱臣，我的面子往哪兒擺？我也是個男子漢！

禿頭根本不理解別人的心思。他更蠻橫地說：「少廢話，你讓不讓？」

我知道，在一個集體裡，並不是光憑個子高力氣大就能當領袖。眞正的領袖應該是有智謀的。在我上學的那個班上有許多比我高比我壯的同學，但他們都不敢欺侮我。第一，我的學習好。第二，我有智謀。可是現在，在這人人彼此都不認識的環境裡，眞是秀才遇上了兵——有理說不清。我現在總不能大聲喊：我學習好！我有智謀！那不成了傻子了嗎！

我被逼無奈，爲了給自己下台階，又不失體面，我斗著膽子說：「我可以把床讓給你，但你要記住！我並不是怕你，我是爲了大家不傷和氣。你要承認這一點，我就讓給你。」

如果禿頭是個通情達理的，他就會說：好吧！就這樣！如此這般，我們也就都保住了面子。如果禿頭是個幽默點的，他就會嘻皮笑臉什麼也不說。笑一下也行啊！

沒想到，這全是我一廂情願。禿頭一丁點領情的意思也沒有。他居然說：「你少來這套！你再不把你的破包拿走，我就給你從窗户扔出去！」

這可眞是騎在人的脖子上拉屎呀！

我從床上跳下來，站在他面前。我豁出去了！士可殺，不可辱！如果今天我乖乖地把床讓給他，那我在衆人面前還怎麼做人呢！這哪裡是什麼攝製組呀！這不成了黑社會了嗎？甭說現在我還不是這個攝製組的。我就眞是這裡的男主角，我也要離開這個地方。盡招了些什麼東西來當演員啊！

這時，在我右邊床上的小男孩走過來對禿頭說：「就是他願意換，我還不願意挨著你呢！我寧可不睡覺，也不願意看見你這樣的臉！」

我和禿頭一起轉過身，我有些懷疑我的耳朵。那個小男孩如果是個丈二金剛，說出這樣勇敢的鋒芒畢露的話倒也不奇怪。偏偏他是這屋裡最小也最文靜的一個。

禿頭先是嚇了一跳，當他看清對方不過是個綠豆芽一樣的角色，他咧嘴笑了，笑得冷酷，笑得野蠻。禿頭說：「喲！你剛才說什麼?再說一遍，我沒聽清！」

綠豆芽說：「他就是願意把床讓給你，我也不樂意！因爲我不願意挨著你這樣的人睡！聽清楚了嗎?」

禿頭說：「你是哪兒來的歪屁股小臭蟲?你是不是想冒充愛國者導彈呀?」

我暗暗佩服小男孩的勇氣和仗義，又爲他捏了一把汗。如果禿頭膽敢冒天下之大不韙，我就上去和他拚命。儘管我只有「常規武器」。

綠豆芽說：「你不要出口傷人，如果眞動手，你也不一定占得了便宜！我告訴你，我是愛好和平的，不過，你要眞想當飛毛腿導彈，那我也願意奉陪……出招吧！飛毛腿！」

看來，禿頭是欺侮人欺侮慣了。他不願意再進行這種無休止的口頭戰爭了。他猛地伸出右手，像老鷹抓小雞一樣，想抓住綠豆芽的衣服領子。

萬萬沒想到，綠豆芽猛地往下一蹲，身子立刻矮了半截。禿頭抓了個空，還沒有變招，綠豆芽已經用兩手抱住禿頭的右腳往橫向一拽。禿頭頭重腳輕，一下子趴到了我的床上。只聽見撲通一聲，一個桌子歪倒了，被褥陷下去一塊，幸好禿頭沒有掉下來。

我以爲禿頭會立刻爬起來，來段醉拳什麼的，沒想到他卻趴著不動，居然嗚嗚地哭起來。

綠豆芽說：「哭什麼？你起來！」

禿頭一邊哭一邊說：「就不起來，你們倆合夥欺侮人……你們可眞夠狠的……沒羞！兩打一……」

綠豆芽說：「我還以爲你會武術呢！」

禿頭說：「你管我會不會呢！我會，你也不能來陰的呀！」

綠豆芽說：「這算什麼陰的呀！我要是抓住你的腳往另一邊拽，你就會趴在地上……起來吧！」說著就用手去拉。

禿頭說：「不用你拉，你少耍兩面派。不用你拉，我自己起來……」禿頭嘟嘟噥噥地站起來。我和綠豆芽將桌子扶起來，又將床鋪整理好。我對禿頭說：「你就睡這個床！我讓給你！」

禿頭說：「你要是早讓給我不就沒事了嗎！現在晚了，我才不睡你那個床呢！你看見床不結實就想讓給我了，你想得倒挺美……」

我差點笑出聲來。忽然覺得禿頭十分可愛，長那麼個大高個，怎麼倒像個幼兒園的。

禿頭拿起自己的包走到最靠門口的那張床前：「我都拍了三個電視劇了，從來沒有見過你們這樣欺侮人的……」他還在嚶嚶地哭。

我心中有些不忍，看了看綠豆芽。綠豆芽卻像個家長似地說：「甭慣他，一會兒就好了。」

禿頭又說：「誰讓你慣了，你是我們家長嗎？你慣我什麼了？你打了人還說慣我，顛倒黑白、混淆是非……」

一個上午就這樣過去了，一直到中午吃飯也沒有人來追查我的身份。吃著飯，外面的雨已經停了。

下午兩點，我們被大鬍子帶到另一間教室。女孩子們已經坐在那裡。數了數，一共有八個女生，七個男生，這數實在好記。不是有句歇後語嘛，十五個吊桶打水——七上八下。

大家經過休息，又換了衣服，尤其是女孩子，個個打扮得像花蝴蝶似的。

大鬍子也換了衣服，上身是一件短袖的大花襯衫，不但袖子長而且下襬也長——都快到膝蓋了。他個子矮，一條白色的蘿蔔褲只從襯衣下露出一小截，好像只穿了一雙足球襪子。一雙白色旅遊鞋很長也很肥。看見他不由得使人想起動畫片藍精靈中那個壞蛋巫師——格格巫。好傢伙！不是導演，可眞沒有氣魄穿這身衣服，留這樣的大鬍子。

大鬍子和一排大人與我們臉對臉地坐在前邊。

大鬍子說話了：「大家安靜！今天，我們的電視劇——『一個神奇的孢子』攝製組正式成立了。」

「台上」的大人們帶頭鼓掌，「台下」的同學們一邊笑也一邊鼓起掌來。一個同學小聲說：「嘿！聽見沒有？神奇的包子！也不知道是豬肉餡的，還是羊肉餡的……」大家嘻嘻笑起來。

我心裡也很納悶，起什麼名字不好，非要叫什麼包子。將來簡稱叫包子攝製組，多難聽！全體人員豈不都成了包子！台上的大人叫大包子，這些小孩都叫小包子……越往下想，越覺得可笑，終於笑出了聲。

大鬍子不高興了，指著我說：「那個同學站起來！」

我站起來。

「你怎麼笑起來沒完沒了？」

我把心裡想說的都說了出來，還添油加醋地說：「將來導演成了包子導演，攝影師成了包子攝影師，多不好聽……」

全屋的人又忍不住笑了。我很得意。反正我也不是這個攝製組的。

大鬍子沒有生氣，只是揮揮手：「不要再說了，坐下！坐下吧！」

等教室裡安靜了，大鬍子說：「關於這個名字，我要解釋兩點。第一，我們這裡所說的孢子並不是我們平時吃的那個包子，它指的是植物身上的細胞！」說著，大鬍子轉身在黑板上寫了個「孢」字。他又說：「第二，這個名字新鮮、好玩，也好記。剛才大家剛一聽到這個名字就笑了，這恰恰說明這個名字起得好！不一般化！將來，觀眾一聽到我們這個戲的名字就想笑，就想看我們的戲，我們的目的就達到了。」大鬍子停了停，開始給大家介紹。

教室裡立刻變得很安靜。

大鬍子指著身邊一個除了禿腦門之外，其他部分長得都很一般的男人說：「這位就是這部電視劇的導演吳言老師。」

台上的大人們又帶頭鼓掌。

本來，我們應該馬上跟著鼓的，但，我們全愣了：怎麼這位先生是導演呢？他穿的太普通了，灰色的夾克衫——大街上十個人當中幾乎有六個人穿。長得也毫無特色，不但沒有大鬍子，連那種小「仁丹鬍」也沒有。只是那個發亮的禿腦門勉勉強強有點藝術家的氣質。

我們心中的導演可不是這個樣子的……大鬍子！你應該是導演啊！你太應該是了！

大家雖然也鼓了掌，但比較勉強。心中都有一個問題，大鬍子是幹什麼的？八成是個演員，那鬍子是角色的需要……

當他一一介紹什麼師什麼師的時候，大家精神不再集中。

「本人姓胡，是這部電視劇的製片……大家叫我大胡就行了……」最後大鬍子自我介紹說。

製片？製片是什麼？我也不太明白，總之沒勁！不是導演，不是演員，就沒勁！

大鬍子接著說：「現在我來介紹同學們，我叫到誰的名字，誰就站起來！」

我心中一驚，知道自己的「末日」不遠了。如果他們發現我是混進來的，我就敢做敢當。但要講明，不是我自己要來的，而是大鬍子非要讓我上車的。話是這麼說，但心裡卻十分緊張。

第八章　運氣來了擋不住

大鬍子從衣兜裡掏出一張名單說：「我們來自全國各地……」

我忐忑不安地坐在台下，據我的估計，當他念完所有人名之後，肯定會多出一個，那不會是別人，當然只會是我。

大鬍子念道：「夏剛！」

我大吃一驚！壞了，除了我，這屋裡還有一個叫夏剛的，而且必定是個女的。因為我們「男生宿舍」早已互相通了姓名。我開始左顧右盼，想看看那個「女夏剛」長得什麼樣。

坐在我身邊的「綠豆芽」捅捅我：「你不是叫夏剛嗎？」

大鬍子又喊：「哪個同學叫夏剛？」

我驚慌失措地站起來。

大鬍子問：「你就叫夏剛嗎？」

我說：「是呀！可我是個男的呀！」

剛一說完，大家嘩地一下笑起來。沒有人知道我的心思……

大鬍子說：「誰也沒說你是女的呀！」

大家又笑起來，坐在我邊上的禿頭笑得直跺腳。

這時，我可眞是如墜五里雲霧之中。這是怎麼回事？莫非大鬍子就是和我接頭的「革命同志」？爸爸就是要把我送到這裡「經風雨見世面」？

吳導演說話了：「噢！你就是夏剛呀！」他接著向大家介紹說：

「這位夏剛就是我們這部電視劇的男主角——孢子的扮演者！」

又是一場哄堂大笑。

現在，我徹底明白了，這肯定是一場誤會。如果說，爸爸把我送到攝製組來當個群眾演員沒準還有可能，他教過的學生當中就有在電視台工作的。可要讓我當男主角，那就是無稽之談了。我知道，挑選一個演員，尤其是主要演員，那導演不知道要費多大的勁兒呢！而我和他們都是初次見面，怎麼就成了什麼包子的扮演者呢？肯定是搞錯了！

爲了萬無一失，證明我的判斷，我進行了最後的試探。等大家笑聲停止以後，我莊重地說：「請問，有老鼠牌鉛筆嗎？」

大家先是一愣，接著又笑起來。

吳導演說：「太好了！太好了！我剛剛見到你的時候，還覺得個子矮了點，形象太一般。現在看起來，你是冷面幽默，正是角色所需要的……太合適了……」說著，他連連拍著大鬍子的肩膀：「你有眼力，選得不錯！」

大鬍子說：「這是副導演選的，這是他的功勞，等他回來要誇誇他。」說著他還得意地朝我眨眨眼睛，也不知是什麼意思？

這時，一個念頭在我腦子裡閃過。能拍電視劇，而且還能當主角，這是多少人夢寐以求的事呀！現在，幸運的光環就這樣輕而易舉地落到我的頭上。而且導演還說太合適了。如果眞能這樣「經風雨見世面」，暑假一過，回到學校，這點成績可就夠我吹牛的了。不管是誤會還是有意安排，我先幹著再說，反正我也沒地方去。雖然我還不知道孢子是個什麼東西，但肯定是個「好東西」。

我不再說話，默默地坐下了。這不叫撒謊吧？

大鬍子下面又一一介紹，名字和角色我也記不住。只知道「禿頭」

在戲裡扮演一個總和我搗蛋的傢伙。「綠豆芽」則是一個處處跟著我，對我崇拜得五體投地的小尾巴。女生裡我只記住了一個叫唐多的，劇中的角色是個美麗善良的孤兒，處處幫助我。那個唐多朝我笑了笑。除了這次笑，她給人的感覺是十分的傲慢。

大鬍子介紹完了。坐在最邊上的一個小女孩舉起手。

大鬍子問：「什麼事？」

小女孩可憐兮兮地說：「您還沒有介紹我……」

大鬍子說：「噢！對不起……你叫什麼來著？」

站在一旁的一位顯得很老實的中年男人說：「她叫劉小賢……」

大鬍子急忙怕著自己的腦門：「你看我這記性，她叫劉小賢。」至於在戲裡演什麼，大鬍子也忘了說。

大鬍子從桌上拿起一摞綠色的大本子，然後一一發給大家。

我看見本子的封面上印著「一個神奇的孢子」。大鬍子說：「劇本大家回去再看，現在我們請吳導介紹劇情。」

吳導非常會講故事，不但條理清楚，而且繪聲繪色，連說帶比劃，沒說兩句就把我們給牢牢吸引住了。我心想，眞是人不可貌相，海水不可斗量啊！

故事是這樣的。

有一個天文物理學家（由吳導本人扮演），每天在實驗室用一只大功率的儀器向一個遙遠的星球發射一種能量衰減很少的射線。他估計那個星球上有生命存在，如果有高級生物的話，它們是會有反應的。科學家有個小兒子經常到實驗室來玩。

有一天，小兒子忽然在爸爸的分析天平上發現了一個孢子。那孢子飛快地長大，第二天居然長成了一個嬰兒。這嬰兒不但會說話，而且馬上就學會了人類的語言。父子倆驚訝萬分。第三天，嬰兒長成了一個幼兒園小班那麼大的男孩子。第四天就長得比小兒子還高。然後就不再長高了。

科學家給他起了個地球人的名字，叫孢子。孢子管科學家叫爸爸，管小兒子叫弟弟，這個弟弟也就是「綠豆芽」扮演的那個小尾巴。

孢子來自那個遙遠星球，他這次來地球的任務就是要弄明白什麼是善良？什麼是邪惡？什麼是友誼？

孢子對地球上的食物都不能消化。他說地球上的肥皂還湊合，分子式和他們「老家」的差不多，既然沒有別的食物，就只好吃肥皂和洗衣粉。

說到這裡，吳導忽然指著我說：「夏剛，你要注意！吃肥皂是孢子的特定動作。孢子每當吃肥皂的時候，牙縫裡就要不時地湧出肥皂泡，滿天飛舞，五光十色，效果特別好！你既然是孢子的扮演者，這兩天就要好好練一練吃肥皀，關鍵的時候，嘴裡要能出泡兒！」

「肥皀怎麼能吃呀？」我說。

導演說：「別急，醫院裡洗腸胃都用肥皀水，這說明肥皀沒毒。我們又不是讓你天天吃，只是拍戲的時候吃一點，甭往下嚥。鏡頭一躲開，你就把它吐了。如果光吃肥皀不吐泡，我們可以用別的食品做成肥皀的樣子來代替，關鍵是不吃肥皀就吐不出肥皀泡來，所以你必須多少吃一點……好！我繼續往下講。」

後來，小尾巴就帶著孢子來到了海邊的夏令營，在這期間，孢子認識了一個善良的小女孩，還發生了一系列生動有趣的故事。這個孢子威力無窮，懲惡揚善，使人拍手稱快。當然也做了些傻事，讓人啼笑皆非。最後，孢子和小女孩在銀行裡遇到兩個強盜。其中一個強盜正是小女孩的父親。

在善良與邪惡的鬥爭中，善良戰勝了邪惡。孢子認爲善良與邪惡是人類大腦中的一種化學反應。小女孩搖搖頭。……

當孢子要縮成剛來地球時的模樣返回自己星球的時候，小女孩、小尾巴和科學家落下了淚水，孢子很難過，也想流淚，但他根本沒有淚腺。他終於明白了什麼是人類的友誼。

吳導演講完了，大家情不自禁地鼓起掌來。我比別人更加興奮。我覺得我簡直就是那個神奇的孢子了。我暗下決心，我要好好練練吃肥皂，爭取能吐出許多許多泡泡來，越大越好。

吃晚飯的時候，我成了攝製組的中心。不但男孩子圍著我，女孩子也時不時地向我這邊張望。說老實話，我在學校裡多少年成績名列前茅，但從來沒有享受過這樣的待遇。我現在什麼成績還沒有呢！

禿頭也討好地對我說：「夏剛，這回你可辛苦了，還要練吃肥皂……」

我滿不在乎地報以微笑：「嗐！誰讓咱攤上了呢！」

「綠豆芽」問我：「你剛才說，請問，有老鼠牌鉛筆嗎？這話什麼意思？」

我一愣，本不想告訴他，但想到「綠豆芽」是那樣仗義，救我於危難之中。於是說：「這是一個暗號……」

「暗號？什麼暗號？」

我看見所有的男孩子都目不轉睛地盯著我倆，趕緊掩飾說：「開玩笑的！」

這時，吳導走到我們的飯桌前，忽然問：「咦！這桌上怎麼少了個菜呀？」

大家朝其他桌上看了看，沒發現少什麼菜，於是都說：「沒少！都一樣的！」
吳導顯得非常痛苦的樣子：「唉呀！你們太讓我失望了，明明少了一個菜，卻沒有一個人看得出來……嘖嘖！太讓我失望了……」
大家莫名其妙。
禿頭不愧是拍過三個電視劇的。他說，「導演，我知道，孢子還沒吃的呢！」
他這麼一說，大家恍然大悟，齊聲笑道：「肥皂！肥皂！」
吳導說：「你們都得向禿禿學習！」
「禿禿？好溫馨的名字！」我學著電視裡萬家樂的廣告說。
大家笑起來。
禿禿臉上也煥發出光彩。

從此，再沒有人叫我的眞名，有人叫我孢子，有人叫我肥皂泡，還有人見到就問，有老鼠牌鉛筆嗎？眞奇怪！這些外號聽起來滿舒服的。大家都很幽默，而我則成了幽默的源泉。

走出食堂門口的時候，有人從背後趕上來，輕輕地拍拍我的肩膀：「夏剛同學——」

我回過頭，原來是剛才在台旁站著的那個很老實的中年男人。我既不知道他叫什麼，也不知道他在劇中扮演什麼角色，他的臉上總堆著謙虛的笑。剛才吃飯的時候，我沒有見到他。現在，他腰裡繫著個大白圍裙。

「叔叔，您找我有事嗎？」我問。

他連連擺手：「別客氣，別客氣！你就叫我老劉吧！」說著，他拉著我在凳子上坐下。然後又向四周看了看——食堂裡已經沒有什麼人，只有一個老大媽在收拾桌子。

收拾桌子的大媽說：「老劉，先吃飯吧！等會涼了……」

我奇怪地看著他：「您還沒吃飯？」

「不著急！不著急！」

老劉說：「李媽，妳先吃。」說著又對我說：「夏剛同學，我耽誤你一會兒時間……」

他這麼一說，我特別不好意思，連忙說：「劉叔叔，您別這麼客氣，他們都管我叫孢子，您也管我叫孢子吧！」

老劉笑了：「那是戲裡的角色，平常叫起來不大好聽……」

我問：「您在劇組裡幹什麼？」

「唉！我在戲裡有個角色，我扮演一個搶銀行的強盜……」

「您演強盜？您一點也不像強盜啊！」

老劉苦笑著：「強盜哪有什麼像不像的！低眉順眼，面帶微笑就是好人。只要齜牙咧嘴，面帶冷笑就是強盜。眞的強盜也不是天生的，你說是不是？」

我連連點頭。聽他這麼一說，我對強盜彷彿又有了更深的理解。於是手指著他的圍裙問：「你戴這個幹麼？是不是體驗生活？」

「體驗什麼？這就是我的生活！我在攝製組身兼二職，一是戲裡的強盜，二是食堂的大師傅……」

我不明白：「是眞大師傅？還是假大師傅……」

「什麼眞假？你們剛才吃的飯就是我做的！」

「這兒不是有食堂嗎？幹麼您做？」

「攝製組經費有限，沒有專職的大師傅。」

「就您一個人？」

「不！那個李媽是這個小學原來的勤雜工，現在來幫忙，不是還有一個扮演強盜的嗎？他也兼職做飯……」
「這麼說，我們一共有兩個強盜兼兩個大師傅，是嗎？」
「完全正確！」
「啊！那你們可夠辛苦的！」
老劉點上一支菸說：「夏剛同學，我求你個事兒！」
「求我？」
「我看你和導演、製片主任都很熟？」
「不熟！以前我根本不認識他們……」
老劉苦笑著：「你別騙我，我看得出來，你和他們不是一般的關係……」
「我眞的不認識他們！」

「這怎麼可能呢?你不認識他們,您怎麼能演主角呢?」

「我說了您還不信,我眞的不認識他們。其實……」

此刻,我眞的有口難辯。

老劉深深地吸了一口菸,臉上顯出幾分悲哀的神色。好一會兒,他又說:「就算不認識吧,求你幫我個忙!」老劉目光炯炯地盯著我:「求你幫我女兒個忙!」

「您的女兒?哪個是您的女兒?」

「就是那個叫劉小賢的,剛才大鬍子差點忘了介紹她!」

「噢!她是您女兒!」我想起了那個文弱的女孩兒。

老劉用十分痛苦的語氣說:「本來,他們選中了我的女兒當主角。我們全家甭提多高興了,我的女兒也爲能上電視劇高興得一夜沒睡。攝製組說,爲了照顧女兒,讓我也進組。這件事不但親戚朋友街坊四鄰都知道，我們單位也知道了，我和單位也請好了假……」

老劉又點上一支菸：「可是，正當我們準備行裝的時候，副導演通知我們說，他們又選了一個更合適的。那天，大鬍子主任也來了。我說，不是先選中了我們嗎？大鬍子爲難地說，實在對不起，說我的女兒在表演上不如那個女孩兒，爲了電視劇的質量，只好這樣。我理解大鬍子的苦衷，但我沒法告訴我女兒這個消息。這對她打擊太大了。本來，如果根本沒有這回事兒倒也沒什麼。現在，從高處一下子跌下來，……我這個當父親的……」

「那你們怎麼又來了呢？」我覺得事情很嚴重。

老劉說：「我跟大鬍子主任說，我和女兒的吃住錢都由我們自己花，讓我們當個群衆演員行不行？我做飯的手藝不錯，可以幫忙做飯。大鬍子眞是好人！他想了一會兒說，好吧！你還是和你女兒一起去，如果讓你們自己花錢就太那個了。再說，錢也不好算。但有個條件，讓我給孩子們做飯之外再演個強盜，也就不再另給報酬了……」

聽到這裡，我說：「這不就成了嗎？」

老劉說：「這件事我一直瞞著我的女兒……剛才介紹角色的時候，我女兒的神色就不對。下來之後我騙她說這是AB角。到時候，她一旦發現……我求你，就是想讓你跟導演說說，多給我女兒些鏡頭，哪怕給她個小角色……她萬一知道了，可怎麼辦？」

「噢！」聽了這麼半天，我才明白。眞是陰錯陽差，人家早被選中的當不了演員，我這個連選都沒選過的卻成了主角兒。我對老劉和他的女兒寄予無限的同情，但我又毫無辦法，看見老劉可憐的樣子，我只能安慰他說：「我和大鬍子說說……其實我還自身難保呢！」

老劉抓住我的手：「眞的去說，不要開玩笑，夏剛同學——小兄弟！有你這句話就成！我看得出來，你有面子！」

他的手熱呼呼的，對我寄予了無限的希望。

回到宿舍，小兄弟們立刻把我圍了起來，問大師傅又給了我什麼好吃的。我當然什麼也沒說，眼前卻晃動著劉小賢那副可憐的面孔。

吳導走進屋來，手裡捧著一把牛奶糖，扔到床上說：「吃糖吧！」

雖說大家對這種糖都不怎麼稀罕，但，那是在家裡。現在，不知爲什麼，大家一擁而上，一人搶了一塊。

我也搶到一塊，剝開糖紙就放進嘴裡。糖在我的舌頭上滾動了一下，還沒來得及翻個，我立刻感到有些異樣。不但不甜，反而挺麻挺辣的不是滋味兒。一抬頭，所有的小兄弟都皺著眉頭，齜牙咧嘴……

禿禿最先叫起來：「這是什麼糖呀！這是肥皂！」

幾乎所有的人一起把「糖」吐出來。

我的舌頭已經把「糖」吐出了一半，但我忽然想起了，我是孢子呀！我的食物就是肥皂呀！於是我屏住呼吸，使勁嚼了兩下，然後就往外吐氣。可惜，一個泡泡也沒有，吐出來的全是唾沫。沒辦法，我也只好把「糖」吐出來，嘴裡一片火辣辣的。

吳導幸災樂禍地看著大家，居然也跟著起鬨：「誰這麼缺德，把肥皂包在糖紙裡……」

大家一面往外吐唾沫，一邊苦著臉笑著。誰不知道這是導演「賊喊捉賊」呢！心裡想，這導演！看外表挺老實的，心裡可是夠「惡」的。

我說：「吃肥皂倒不怕，可是它不出泡呀……」

話還沒說完，「綠豆芽」忽然指著我的嘴說：「出泡了！出泡了！」

大家也一起叫起來，彷彿在歡呼運載火箭升空。一個極小的、晶瑩的，閃著幾種光澤的小泡泡從我眼前飄過。我覺得我一下子彷彿小了十歲——我把嘴豎成一個尖，像吹蒲公英，一串小泡泡從嘴裡射出，可惜都不升空，急促地落下來。我執著地吹著，不斷地補充唾液……

吳導走到我跟前，拍著我的肩膀說：「行！你小子有戲！好好鍛鍊吧！」

晚上，大家都睡著了，我卻久久不能入睡。我眞是一員福將。不管怎麼說，我這一天的經歷比起湯姆．索亞來也不差呢！興奮之餘，我又害怕起來。這一天的經歷太奇巧、太玄！玄得讓人不能相信它是眞的……

第九章　我成了騙子

早晨醒來的第一個感覺是非常的舒服，沒有一點再想睡一會兒的倦意。

我的眼前是一扇寬大而明亮的窗，窗框將外面的天空圍成一幅巨大的令人心曠神怡的風景畫——雲彩像一群群白色的動物在藍色的背景上翻滾著，一會兒像大象，一會兒像白熊，一會兒像駿馬……它們飛快地跑動著，出現著，又消失著，變化無窮，氣象萬千……

其他的人還都在睡著。我看看爸爸送給我的手錶，還不到七點鐘。

爸爸！你要是知道了我的奇遇，一定比我還高興呢！

有人輕輕走進房間，原來是大鬍子。他來到我的身邊低聲說：「你馬上來一下！」

我來到昨天開會的那間教室。只見屋裡除了大鬍子和吳導演，還有一個陌生的男孩和一位穿著很講究的婦女。他們身邊放著兩只漂亮的旅行袋。

看見我進來，大家的目光緊緊盯住我。

大鬍子讓我坐下。教室裡顯得十分安靜。吳導指著我問：「你到底叫什麼？」

意料之中的事情終於發生了。我知道我的「末日」到來了，但萬萬沒想到它來得這麼迅速！我那光輝的一瞬消失得居然這麼快！原來，我還幻想我的奇妙遭遇是爸爸精心的安排。現在我才明白這都是「勝利」

沖昏了頭腦。這眞眞是一場誤會。但，如果誤會剛剛發生的時候，我就毅然離去，我是沒有什麼遺憾的。而現在，我的身體彷彿一分爲二，一半是夏剛，另一半已經化爲外星人孢子了……那辛辣的肥皀滋味還存在舌尖……轉念一想，不至於吧！如果眞的是誤會，那麼大鬍子和吳導演幹麼對我這樣熱情，初次見面就一見如故呢?難道他們可以這樣不負責任，隨便從大街上拉來一個小孩就當男主角嗎?

此刻我的腦子裡亂麻一樣。

我說：「我叫夏剛。怎麼啦？」

吳導說：「如果你眞的叫夏剛，那麼我們這間屋裡就有了兩個夏剛！」

我說：「兩個不兩個，我不知道！反正我叫夏剛，我有學生證爲憑……」

吳導和大鬍子互相交換了一下眼色說：「你也可能叫夏剛，但你不是我們所要的那個男主角夏剛。」他指著那位陌生的男孩說：「這位夏剛同學才是我們要的那位！他們的火車誤了點，今天早上才到。這就讓你鑽了空子……」

我憤怒了，我站起來說：「我並沒有非要到你們這兒來。我在火車站等人，是你們非要讓我上車不可。我也沒有要當什麼男主角，是你們指定我當的，還說我太合適了，是什麼冷面幽默……」

那位婦女插嘴說：「現在的孩子膽子眞是忒大了，什麼騙人的事都敢幹！演員還敢冒名頂替。我當了這麼多年名演員，這種事還從來沒有見過！」

我更火了，也不管措詞是否恰當：「你不要血口噴人，你們不認識我，爲什麼要接我來？」

吳導有些軟了：「我們有的演員是副導演在外地選定的。他只告訴我們是男是女，叫什麼名字，坐哪趟車。可誰能想到，居然有兩個重名重姓的！他要是在這裡，就不會發生這樣的事了，可是，昨天開會的時候，你爲什麼不說？你是不是演員，有沒有人叫你來，自己還不知道嗎？」

「我說了，可你們不理我！」

「你說什麼了？」吳導很氣憤。

「我說，有老鼠牌鉛筆嗎？我想，你們要是回答出來，就是接我的人。要是回答不出來，就不是！結果，你們不但不回答，反而說我是冷面幽默。」

吳導不愧是導演，他立刻抓住了我的破綻：「就是嘛！我們並沒有回答你呀！其實你心裡已經明白了。既然明白了，再冒名頂替就更不應該了。」

我無言以對。我明白，小孩子心眼兒再多也不是大人的對手！他們硬把我拉來，還說我是冒名頂替！想起昨天晚上我那樣賣力氣地吃肥皀、吐泡泡，我幾乎要哭出來。其實，如果我在車站再耐心等一會兒，我那隻「蝸牛」是一定會來的。說不定我現在正在海裡游泳呢！我怎麼那樣沉不住氣，那樣沒耐心呢！

大鬍子問：「你剛才說，有老鼠牌鉛筆嗎？這是什麼意思？」

我正有氣沒地方撒，於是大聲說：「幹麼告訴你，沒用！」

那位女名演員又插嘴：「我們不想聽這孩子在這裡耍混了，你們是不是帶我們到房間休息……」

吳導連聲答應，還幫他們提行李，看他那低三下四的樣子，眞噁心！

那個也叫夏剛的男孩始終沒說一句話，他只是冷笑著，看著我，像在看一隻動物園的猴子。

我實在忍受不了，於是又喊道：「我在你們這裡一分鐘也不想多待！你們從哪兒把我拉來的，再把我送回哪兒去！」說著，我衝出房門，一邊跑，眼淚一邊止不住往下流。

回到宿舍，大家剛起來。看見我進來，禿禿問：「孢子！你是不是跑步去了？」

我沒有說話，低頭收拾我的背包。

「綠豆芽」關心地問我：「孢子，你怎麼啦？」

我大聲說：「我不叫包子，我叫夏剛！」

大家吃驚地看著我。

禿禿裝做很懂的樣子說：「不要管他！不要管他！他進入角色了

……」

我說：「你不要搗亂！我馬上就要離開你們。」

禿禿說：「呀！你的戲眞夠重的。除了吃肥皂，還有動情的戲，你還眞行，說哭就能哭出來……」

另幾個傢伙在禿禿的帶領下，緊鎖雙眉，雙手捂在胸口上：「噢！我們太痛苦了，我們太難過了……孢子，難道我們就這樣永別了嗎？」

「綠豆芽」說：「別逗了，他眞的要走！」

禿禿仍然學著劇本裡的台詞拿腔做調地說：「如果會吐泡泡就是外星人，那麼河裡的魚不就都成了外星人了嗎？這豈不是太荒唐了嗎？讓他走吧！他不過是個騙子……」

雖然我知道禿禿是在念台詞，但聽到這裡，我的心仍然像被一隻大手狠狠地捏了一把。

我拿起背包，說了聲再見就往外走。

禿禿跑上來拉住我：「咦！你應該說，既然你們不相信我，那我就讓你們看看我的血……我的血是藍色的！」

我有口難辯，只得說：「諸位！我眞的要走了，後會有期。」

這一下，大家都恢復了正常。

「綠豆芽」說：「怎麼了？是不是和導演吵架了？」

我說：「比這還嚴重！」

這時，大鬍子走進來，不容我說話就把我拉走了。

在過道裡，大鬍子說：「這件事怪我太馬虎，責任主要在我……我們做爲朋友，好好聊一聊，好嗎？」

聽大鬍子這樣一說，我的心情好了許多。

我把這次來青島的目的和經過如實說了。

大鬍子耐心地聽著，還不時點點頭。

最後，他問我：「現在，你去那兒呢？」

我不說話。

大鬍子說：「現在就是我把你送回火車站，你也找不到接你的人呀！」

我委屈地說：「都是你耽誤了我的時間。如果你不拉我走，那個接我的人準沒一會兒就來。」

大鬍子笑了：「有句格言這麼說，與其咒罵黑暗，不如點起一只蠟燭。你現在埋怨誰也沒用，關鍵是我們現在怎麼辦？」

「你給我買張火車票，送我回家……我有車錢！」

大鬍子說：「你連大海也沒有看一看就回去，不是白來一趟嗎？這樣的機會可不是很多呀！」

我心中一動：「那你幫我找個地方住下，我有錢……」

大鬍子說：「噢！有錢就好辦，你說說，你有多少錢呀？」

我喃喃地說：「除了買車票，我還有二十多塊錢，我在路上要是不買扒雞就好了。」

大鬍子說：「你這點錢住一天勉強夠，再說，你吃什麼？你還要坐汽車什麼的……」

我摸摸背包小聲說：「我還有二十袋生力麵……」說著，我心中已經沒有了底氣。

大鬍子說：「老吃生力麵也不行啊！生力麵也不能頂房錢啊！這樣吧！你還住在我們這裡，吃住都歸我們管，但有個條件，你名義上也算個群眾演員，實際上你幫助食堂做飯……」

我氣憤地說：「我到青島是來玩的，不是來給你們當大師傅的！」

大鬍子說：「我們有過失，但現在我已經盡了最大的力量彌補這個過失。說實在的，要不是看你年紀小，我們也用不著費這麼大的心。行不行，你自己看著辦！行呢，你就不要再覺著誰欠你的。不行呢，我馬上找車把你送回火車站，不過，我要告訴你，回北京的車票很緊張，我們也不負責買。實在不行，你去找車站派出所……」

我沒有了主意。我現在只有眼淚。

大鬍子說：「哭有什麼用呢？你只能怪你爸爸異想天開……即便他的主意不錯，也要看看自己的兒子爭不爭氣！」

大鬍子最後一句話深深刺痛了我。他以爲我是個貪圖安逸、嬌生慣養的孩子，這我可不承認。如果一開始，我就以大師傅出現，那倒還沒什麼。而現在，我從外星人孢子一下子變成了地球人的廚子。這個彎兒怎麼也轉不過來。別人會怎麼看我呢？我的臉往哪兒放呢？

大鬍子一定看出我的心思：「當大師傅也不低人一等。你如果怕別人說你冒名頂替，我可以解釋。如果你嫌苦嫌累，那我就沒辦法了。」

我喃喃地說：「不是有兩個『強盜』都當大師傅了嗎？還有一個李媽！」

大鬍子說：「我們人手少，你去了，有一個『強盜』就要到攝製組幹別的……告訴你，受不得委屈就當不了男子漢！」

我沒話說。

大鬍子說：「痛快點！留不留下？」

我無可奈何地點點頭。

晚上，我給爸爸寫了封信：

我親愛的爸爸，你太坑人了。由於你的幽默，把你的兒子害的好苦。

我來青島已經一天一夜了，到現在也沒有找到「貓牌橡皮」。我只好在一個什麼「包子攝製組」忍辱負重。來信請速告「革命戰友」的姓名地址。
來信請寄青島第二小學「神奇孢子攝製組」。請速回信！

你的可憐的兒子

第十章　善良的謊話

吃早飯的時候，我雖然還坐在昨天晚飯時的那個位置上，但我的身分已經不是孢子，而是廚子了。

這件事我在「理論」上雖然已經想通了，這不叫死皮賴臉，不但不叫，而且就我個人體會而言，這是需要很大的勇氣和忍辱負重的精神的。

但一想到從中午開始，我就要像老劉那樣戴著圍裙給大家端飯端菜……心裡又不是滋味兒。幸好我看見大鬍子他們也忙裡忙外地張羅，也就猛地記起了爸爸常常教導我說的：工作沒有高低貴賤之分，只有人品才有好壞之分。心裡也就踏實了點。這樣做，別人沒準還以爲我是學雷鋒做好事呢！

禿禿和「綠豆芽」到現在還不知道我到底發生了什麼事。吃飯的時候，總是一個勁地問我。我怕他們不能正確「對待」，因此，我故作鎮靜地說：「到了適當的時候，我會告訴你們的……。」

「適當」的時候突然來了。

那位名演員和她的兒子——夏剛，也就是眞正的孢子走進了食堂。大鬍子迎了上去。

食堂裡的人也一齊向他們看。

名演員神采飛揚地環視了一下四周，像是要做大會發言。眞正的孢子矜持地微笑著，眼睛並沒有具體看哪一個人——就像一位漂亮的男歌星出現在舞台的聚光燈下。

女孩子們就像麻雀一樣嘰嘰喳喳起來，好淺薄呀！那位演女主角的唐多目不轉睛的樣子，讓我好心酸呀！

看著眼前的凳子，女明星皺了皺眉，從衣兜裡掏出一張衛生紙擦了起來。

大鬍子雙手拍著巴掌說：「我來給大家介紹一下，這位新來的同學叫夏剛！」

所有的目光忽地一下轉向我。我只覺得臉在發燒。那個令人難堪的時刻來到了。

大鬍子說：「昨天已經來了一個夏剛，今天又來了一個，我們這裡有了兩個夏剛。大家怎麼區別呢？這個新來的個子高一些，我們就叫他高夏剛。昨天來的那個矮一點，我們就叫他矮夏剛……。」

我心中一酸，覺得受了汙辱，但又不好發作，我的確是矮一點。禿禿的一句話差點讓我的眼淚流下來。禿禿大聲說：「我看高矮差不多。新來的應該叫新夏剛；昨天來的應該叫老夏剛！」大家笑起來。「綠豆芽」附和說：「對！老夏剛！」說著，他回過頭對我說：「怎麼樣？老夏！」

雖然只有一字之差，但涵義卻大不相同，兄弟們這樣體諒我，這眞是不幸之中的大幸啊！

新夏剛的媽媽狠狠地盯著我。

大鬍子又指著她介紹說：「這位是新夏剛的媽媽，是位有多年表演經驗的藝術家，這次給我們的戲當顧問……。」

女藝術家朝大家點點頭。

大鬍子說：「好！請大家繼續吃飯！」

本來事情的假象還可以維持一會兒，沒想到女藝術家卻不依不撓，她說：「胡主任，請你把我們夏剛的角色給說一下！」

大鬍子顯出非常痛苦的樣子，眼睛眨巴了好半天才說：「啊……情況是這樣的，我們這個戲，啊……也就是說，我們這個神奇的孢子這個戲裡有個男主角孢子，孢子嘛！他就是個很神奇的孢子……。」

大鬍子像在說繞口令，大家笑起來。

一笑，大鬍子的嘴反倒順暢起來：「既然神奇，他就要有變化，他偶然就要變一變形象。當然！他的語言和作派是不變的。因此呢！我們這個變化之前的孢子就由新夏剛扮演。而變化後的孢子嘛，就由老夏剛扮演，當然！變化後的孢子戲不多……」說著，大鬍子使勁盯著我：「喂！老夏剛，希望你能理解……。」

我心裡眞是感激大鬍子，在坐的人只有我能理解他的體貼……我點點頭，表示我能服從分配，忍辱負重。

女藝術家眞是窮追猛打：「劇本裡並沒有什麼變化後的孢子嘛！」大鬍子說：「原來的劇本是沒有，這是剛剛修改的……沒幾個鏡頭，一閃而過……。」說著，他乞求似地看看導演。吳導微微點點頭。

事情發展到現在，禿禿和「綠豆芽」才算明白了。禿禿說：「這可不公平，瞧他那樣，整個一個『奶油小生』，演什麼孢子，演奶油炸糕還差不多。」

所有的人都看著我，只有唐多看也不看，只顧一小口一小口喝牛奶，我心中一沉。

就這樣，我以變化後孢子兼廚子的身分仍然和大家住在一起。而眞孢子和他的藝術家媽媽住在一間由辦公室改成的宿舍裡，房間雖然比我們的小，但那裡有風扇和彩色電視。

最初的兩天並不正式拍攝，而是由導演領著大家在現場排練。

他們走了，我來到食堂，李媽正忙著給爐子裡加煤。

「夏剛，怎麼不去現場啊？」老劉一邊摘菜一邊問我。

「胡主任說我的戲不多，家裡人手少，讓我來幫您的忙……」

「噢！不敢當！不敢當！快坐下！」說著，老劉給我找了個凳子：「你跟導演說了我女兒的事了嗎？」老劉又目光炯炯地看著我。

「唉！我已經自身難保了！」我不由自主地說。

「這話怎麼說？」老劉關切地問。

老劉是飽經滄桑的大人，他會理解我的，我心中的苦悶正想找個人說說，於是，我將事情的經過和現在的處境都如實告訴了他。

「眞的？」他吃驚地看著我。

「眞的！」

「這不可能！」

「如果不是眞的，我怎麼能和你一起摘菜呢？」

老劉終於相信了，臉上出現了茫然的神色。

我安慰他說：「不要緊的，這樣我可以和您的劉小賢做伴了……」

老劉卻說：「不！她和你還不一樣，她是百裡挑一被選中的，不過是讓人給頂了。你根本就沒被選中，是自己愣跑進來的……」

他這句話差點沒把我噎死！

幹麼這麼說，同是天涯淪落人，怎麼還分等級？都是「殘疾人」，本應互相理解、互相同情、互相幫助。幹麼？啞巴還要笑話瞎子？

我頓時沒了情緒，老劉這種人眞不值得可憐。他的女兒還當什麼「大群衆」？一個鏡頭不給才好呢！老劉這種人還演什麼強盜，你以爲強盜是人人都能演的呀！你連強盜都不配演。

老劉也沒了話。只是默默地摘菜，默默地和麵。

這會兒，我眞想哭，但又哭不出來。這比導演說我冒名頂替還讓我難過。

都快十一點了，攝製組的傢伙們不見回來，我有點害怕那個時刻的到來。我希望在他們回來之前把菜擺好，那樣，我就可以躲進屋裡不再出來。

我問老劉：「您幹麼還不炒菜呀？」

老劉說：「這麼早炒幹什麼?你想讓它涼了是不是?你別光等著，你把地掃一掃，桌子擦一擦！」

我有些憤怒，你女兒拍不上戲，要怪你沒有給她表演的遺傳基因，你衝我發火幹什麼?昨天還是「夏剛同學，我求你個事」，今天一聽我不是孢子啦，怎麼說話就橫著出來?這種人哪！沒勁！

我說：「你愛炒不炒，我讓菜涼了幹麼？」

老劉不再說話，我們各想各的心事。看見我沒有什麼動作，他拿起一塊抹布默默地擦起來，桌子被他摩擦得吱吱作響。

李媽走過來說：「這大鬍子也眞是的，讓個小孩子來幫廚！」

看見老劉臉上那灰色的皺紋裡滲出的顆顆汗珠，我也不由得拿起掃帚，東邊一下，西邊一下地掃起來。

老劉其實也挺可憐的。

窗外忽然響起汽車的聲音。我還沒來得及鑽進廚房，攝製組的大小「包子」們全都擁進了食堂。「餓死了」的叫聲響成一片。

菜還沒有炒！待會兒，等老劉炒好一個，我要往外端一個。唉！眞是怕什麼來什麼！這不是要讓我當著大家的面做巡迴展覽嗎？老劉啊，老劉！你可眞夠缺德的！

老劉也沒料到大家回來得這麼早，手忙腳亂地奔進廚房，大炒快炒起來。

我站在老劉身旁，盡量爲他「服務」，眼睛不敢再往外看。

老劉炒好一個菜，分在三個大盤子裡。我又忙著爲他的第二個菜「服務」。

老劉瞪著眼睛說：「把菜端出去呀！你總站在我邊兒幹什麼呀？」眞是逼得我走投無路。我只好一手端起一個盤子，定了一下神，把自己從頭到腳看了一遍。我是繃著臉出去呢？還是微笑著出去呢？如果繃著臉，顯得我太不瀟灑，太小心眼兒。如果微笑著，我幹麼要衝他們微笑……不過笑總是好一點……我朝一塊窗玻璃前探了一下頭，發現自己笑得太不自然，甚至有點可怕，我臉上的肌肉頓時緊張起來。

正當我放鬆肌肉，準備第二次微笑的時候，禿禿和「綠豆芽」跑了進來。他們一人從我手裡搶過一個盤子說：「哥們兒辛苦了！」他們的後邊跟著宿舍裡的全體哥們兒，雖然沒說話，眼裡卻充滿微笑。

我心中熱浪翻滾，大家既然這樣夠朋友，給他們端盤子，還有什麼好說的。來的「男人」們當中唯獨沒有那個新夏剛。沒有也就算了。可當我把盤子放到他桌前的時候，那新夏剛卻說：「哥們兒，你也眞夠不容易的呀！……」我瞪了他一眼。眞是好話一句心裡暖，壞話一句透心寒呢！

我回到廚房，老劉正在炒最後一個菜。他的女兒劉小賢正用一把摺扇給她爸爸使勁搧風呢！那小摺扇上下翻飛，扇骨被空氣阻擋得像個弓，直不起腰來。

我忽然很感動，有這樣孝順的女兒，老劉這樣執著地爲她「賣命」也算不冤枉了。

劉小賢看見我進來，急忙拉了個凳子對我說：「挺累的，快歇會兒吧！」

我連聲道謝，和劉小賢一比，那個新夏剛可就太沒修養了。

我一時不知說什麼好，就沒話找話地問老劉：「劉……劉叔，」我不知道怎麼叫起他叔叔來了：「今兒晚上吃什麼呀？」

老劉說：「吃什麼，吃包子！」

我說：「對！吃包子！看那包子還神氣不神氣，我們把它們全吃了……」

劉小賢有些奇怪地看著我。

老劉當著女兒的面，又可能因爲我叫了他一聲叔叔，他就眞的擺起了叔叔的架子。他說：「不要總發牢騷！首先要做好本職工作！」

這老劉，居然教訓起我來了！吃飯前，我們不友好——就算是敵人吧！可我們是平級的！現在可好，我剛叫了他一聲叔叔，他就「愛護」起我來了。而且「愛護」得這麼不客氣。當大師傅怎麼成了我的本職工作了呢？唉！可憐的人哪！我不和他計較。

老劉彷彿又找到了自己的位置，他享受著女兒孝敬給他的一陣又一陣的涼風，像個大首長似地問女兒：「今天上午怎麼樣啊？」

「什麼怎麼樣啊？」

「不是演習來著嗎？妳演習了嗎？」

「挺好的！」

「什麼挺好的？」

「噢！我演習得挺好的！」

「妳演什麼來著？」老劉轉身看著女兒的臉。

劉小賢說：「我演那個孤兒，也就是那個強盜的女兒！」

「噢?」老劉眼睛一亮:「那個叫唐多的演什麼?」

「她也演!……我們演一對姊妹……我演姊姊,她演妹妹……」

「我記得劇本裡就一個呀!」

「是啊!導演說這是新加的戲!」

老劉得意地看了我一眼,好像在說:怎麼樣?我的女兒就是和你不一樣吧!老劉說:「你們等著,我到宿舍拿酒去!」

老劉走了。劉小賢對我說:「你今天怎麼沒去呀!」

我十分沮喪地說:「根本沒我的戲!我去幹什麼?」

「你不是演變化後的孢子嗎?」

我吸了口氣:「這是大鬍子給我留面子……」

「給你留面子?什麼意思?」

我把我的「來龍去脈」告訴了她。

她剛剛聽完就高興地跳起來：「唉呀！這下我可有做伴的了！」

「妳這是什麼意思？」

「我也沒戲，是個群衆演員。」

「咦！剛才妳不是還說你演什麼姊姊嗎？」

「那是我怕爸爸難過，特意讓他高興的。」

「妳什麼時候知道沒戲的？」

「昨天介紹角色的時候，一說唐多演孤女，我就知道沒戲了……」

「妳爸知道妳沒戲嗎？」

「你千萬別告訴他，他有點懷疑我沒戲。但今天我這麼一說，他就放心了。爲了我他可辛苦了，你知道他多不容易呀！」

我問：「妳多大了？」

「幹麼？十三歲！」

我笑著說：「十三歲就能僞裝成這樣，妳可眞有兩下子！」

劉小賢說：「我演不演沒關係，我不能讓爸爸傷心……。」

我說：「說實在的，我太佩服妳了，爲了不讓別人傷心，能藏起自己的痛苦，這是什麼精神！」

劉小賢說：「你不要開玩笑！」

我說：「眞的！」我也突然變得豪爽起來：「劉小賢，從今以後，有什麼事，找我！哥們兒沒的說！」

劉小賢說：「行！咱們做個伴兒，不過這件事你千萬不要告訴我爸爸……。」

本來，我眞打算告訴老劉這件事，免得父女倆捉迷藏。可劉小賢剛剛又製造了一次出於高尚目的的「謊言」。看老劉那樣子，我不能再打擊他。算了！讓他稀里糊塗度過這美好的時光吧！

第十一章　柳暗花明

大鬍子通知我下午跟著攝製組到海邊玩玩。

「也沒我的戲呀！」我有點不好意思。

「那不要緊，來一趟青島不容易，連海也沒看，多虧呀！……帶上游泳褲！」

「做飯呢？」

「晚上吃包子，從外面買！」

我跟大家一起來到海邊。

今天大家都換上了游泳衣。吳導外表挺瘦的，現在挺著個大肚子給大家說戲，形象特可笑，簡直就是「皇帝的新衣」裡那個上街遊行的皇帝。

新夏剛顯得挺帥，在他的襯托下，我那些小夥伴們都像沒了毛的小公雞，只有我和禿禿身上還有點肌肉。女藝術家穿一身紅色的連衣裙，風度翩翩地打著一把花傘。

大海眞大喲！遠處停著幾條隨著海潮顚簸的漁船。也不知道上面有人沒人？一波波的海浪你追我趕地湧過來，撞在大堤上揚起無數白雲一樣的泡沫。現在我才明白成語裡爲什麼有個「一望無際」了。

我正要向沙灘走去，大鬍子拿著個電喇叭說：「大家先不要下海，聽導演指揮……待會兒有你們玩的時候。」

吳導將大家帶到一塊巨大的礁石旁邊說：「這段劇情是這樣的。」

他指著新夏剛說：「你們那個星球全部被水覆蓋著，每個人都生活在水裡，像美人魚一樣。因此，你們不是會不會游泳的問題，而是游得快慢的問題。你待會兒就照正常的速度游，我們用低速拍攝，放出來就快了……」

吳導又轉身對我們說：「當看到孢子像魚雷快艇似的前進，你們要顯出非常驚訝的樣子……」

於是，除了新夏剛之外，我們這些人便仨一群，倆一夥做驚訝狀。

「好！不要動！很好！」吳導說。

我們就像雕塑一樣，一動不動。

吳導又說：「要自然！要自然的緊張和驚訝，還有一種驚喜的表情……」

我們就這樣「驚訝」了五分鐘。

吳導說：「好！我們待一會兒再驚訝！孢子，你現在下去游。我們要一個中景，把孢子在水中游泳和大家在岸邊驚訝拍到一個畫面當中……孢子，你下去吧！」

新夏剛沒有動。

吳導說：「夏剛，說你呢！你在劇中就是孢子！要進入角色！」

新夏剛說：「我不會游泳！」

吳導大吃一驚：「什麼？你不會游泳，不是說得過全市中學比賽第二名嗎？」

女藝術家走過來：「是這樣，他在游泳池裡還可以，在海水裡不行！」

吳導說：「沒聽說過！不是一樣嗎？海水浮力更大，更好游……」

女藝術家說：「我們以前拍戲的時候，這些戲一般都不讓主角來演，都是找替身的……再說，這裡的水這麼深！」

吳導說：「你們可眞行，妳以爲替身就那麼好找嗎？再說，這戲完全不必要用替身嘛！」

女藝術家說：「我們以前拍戲的時候，都是預先找好的！」

女藝術家胡攪蠻纏，吳導氣得乾瞪眼睛。

吳導掏出一支香菸，因爲風太大，火柴怎麼也劃不著，吳導把菸揉碎了。

他忽然看見了我：「你會游泳嗎？」

我說：「還行！不過沒在海裡游過……」

「海裡游過沒游過我不管，在游泳池裡游過嗎？」

「游過！」

「得過第二名嗎？」吳導說話又帶稜又帶刺。

我說：「第二倒沒得過，得過兩次第三和一次第一。」說這話的時候，我渾身熱血沸騰，因爲我心裡有底。

「是全市嗎？」

「不！全區……」

吳導的眼睛亮了：「能給我們表演一下嗎？」

所有人的目光都在我的臉上聚焦。我知道衝鋒的時候到了，讓大家知道我的價值的時候到了。

我走到礁石上，胸有成竹地做了準備動作，然後將兩臂高高舉起，像燕子一樣跳入水中。水是很冷的，但身體卻覺得很輕。這會兒，用如魚得水來形容我再恰當不過了。我剛剛冒出水面，吸了一口氣就用自由式游了起來，一口氣游了大約五十米。

當我又游回礁石的時候，所有的人一齊向我鼓掌。吳導居然用罵人來代替他喜悅的心情：「好小子！眞他媽行！好！你就當孢子游泳時的替身！」

這句話可眞讓我洩氣，我拚了這麼大命，結果只換了一個替身位置。唉！替身就替身，我總算不是白吃飯的了，我用自己的本事給自己掙了兩碗飯吃。

替身並不能改變我的身分，第二天一早，我仍然當廚子。因爲在電視劇裡，孢子只游了一場泳，我也只有在那半天裡有「活」幹。唉！將來電視劇拍好了，我也沒法向同學吹牛。我總不能指著電視屏幕說，你們看，那個在水裡看不見臉的就是我……

今天，劉小賢也沒有去。聽說劇組上「海族館」去排練了。

老劉看見汽車開走了，才發現女兒還留在食堂裡，大吃一驚地問：

「妳怎麼還在這兒呀？」

劉小賢晃了晃手裡的劇本：「導演讓我在家裡背台詞……」

老劉長長地出了一口氣：「嚇死我了……快背吧！要有感情，但不要假模假式的。」說著，走進了廚房。

我太佩服劉小賢的聰明機智。說這種「謊」的時候十分自然，臉都不紅。

劉小賢對我說：「咱們拍戲呀！」

我說：「我沒戲呀！」

她說：「我也沒戲，咱們拍著玩……」她指了指廚房。

我明白了，咳嗽一聲說：「好吧！我可不會台詞！」

劉小賢把劇本遞給我：「我都背熟了，你拿著念就成了。」

我問：「念哪段呀？」

「倒數第二頁，那場戲最有感情。」

我翻到倒數第二頁。

劉小賢向我介紹說：「有一天，兩個強盜正在搶銀行，孢子和小孤女恰好來到這裡。小孤女發現其中一個強盜原來是她失散多年的爸爸……下面就該我們兩個了——你演孢子，我演小孤女。我背，你念！怎麼樣？」

「行！」我也來了情緒。

劉小賢進入了角色，只見她的嘴微微張著，眼睛愈瞪愈圓。她忽然喊了一聲：「爸爸——」

我嚇了一大跳，老劉也從廚房裡跑出來：「怎麼啦？」

小賢說：「我們正在拍戲呢！孢子，下面該你了。」

我看看劇本：「我沒詞呀！」

「雖然沒詞，但你要很吃驚地看著我……」

「好！妳再來！」我擺好了架式。

「爸爸——」小賢的眼睛裡居然還閃著淚花。

我按劇本裡要求的——吃驚地看著她。那老劉彷彿變了一個人，他居然滿臉疑雲地對小賢說：「妳是——」那情感也是滿眞摯的。

小賢說：「爸爸！你不認識我了？我是你的女兒呀！」

老劉愣了一下說：「不！我沒有女兒……我的女兒早死了……」說著，他將手裡的菜刀平端起來對眼前並不存在的人說：「快把錢拿出來！」

我平舉起右手，手掌向外，像交通民警指揮車輛一樣：「好吧！既然是這樣，我就只好把你化爲灰燼了……」

劉小賢猛地拉著我的手哭喊著：「孢子，你不要害他！他是我的爸爸……」說著，小賢又把脖子上的紅領巾解下來說：「爸爸，你看，這是媽媽臨死前給我留下的銀鎖……」

老劉用渾厚的男低音進行旁白：「這時，另一個強盜向孢子舉槍射擊——砰！砰！砰！」

我用手摸了一下胸口，然後把手顯示給大家看。

老劉驚呼：「啊！他的血是藍色的！」

我念：「對！我的血是藍色的，現在，我要看看你的血是什麼顏色的！」我又舉起右手。

老劉旁白：「頃刻，另一個強盜化爲了灰燼。」

劉小賢猛地向爸爸跑：「爸爸！你回來吧！」

我平靜地看著他們父女倆擁抱在一起。

他們的眼裡都有淚水，根本不像在排練。

「太棒了！」我說。

他們久久沒有回到正常的情緒中來。

晚飯的時候，我依然沒有收到爸爸的電報。眞不知道發生了什麼事情。爸爸一定還沒有收到我的信，否則他會馬上來電報的！

我向大鬍子借了手機，給家裡打了電話，可是鈴聲響了半天卻沒有人接。

本來，我是可以再在劇組待上兩天，起碼當完替身再走。可是，那個新夏剛的表現卻讓我忍無可忍。我一天也不能再待下去了。

晚飯上菜的時候，我從新夏剛身邊走過。他冷笑著對我說：「你懂不懂文藝界的規矩？」

我奇怪地問：「你這是什麼意思？」

他說：「看我不會游泳，你馬上就跳下去……給我難堪，你擠兌誰呀？」

我憤怒地說：「給你這樣的人當替身，我都覺得噁心！」

女藝術家在一旁勸他的兒子：「算了！你跟他這個小痞子說什麼道理！他們在吃誰的飯，心裡都不明白！」

我說：「吃誰的飯了？我吃攝製組的飯！」

新夏剛說：「沒有我們，你們整個兒一個業餘水平，你最好放老實點！」

「綠豆芽」在一旁叫起來：「是呀！我們是業餘水平，你是全市游泳第二名，水都不敢下！你算什麼水平？」

女藝術家突然大喊：「這飯我們不吃了，我們給你們攝製組撐著，還要受這些小流氓的欺侮！」

禿禿站起來：「誰是小流氓了，你說清楚！」

大鬍子急忙跑過來維持「秩序」。他連連對女藝術家說：「您別生氣！他們小孩子不懂事！」

看見大鬍子這樣不主持正義，我氣憤極了。我二話沒說，將圍裙解下來扔到凳子上走出了食堂——我寧可吃我的生力麵，也不受這樣的窩囊氣。

我回到宿舍，一頭躺在床上，眼淚又掉下來了。現在，我特別想念我的爸爸媽媽。可是，到現在也得不到他們的消息。我決定自己去火車站，買票回家。

大鬍子推門走進來，看見我躺在床上，居然笑著說：「怎麼啦？又要小孩脾氣啦？」

我翻過身，不看他。

他又走到床的這邊來。我閉上眼睛。

大鬍子說：「喲！喲！還眞動了感情了……走，吃飯去！」

我還是不說話。

大鬍子說：「她是說得不對！她已經被慣壞了，以爲自己是大藝術家，大夥都得捧著她。可咱們怎麼辦，我總得維持吧！我不能像你們小孩子一樣……」

我猛地坐起來：「今天晚上我就回家！」

大鬍子一愣：「沒有車票，你怎麼回去？」

「我到車站等退票！」

「啊！你以爲退票是那麼好等的？」

「我就是睡在車站，也不在這個地方受這種窩囊氣！」

「眞的要走？」

「誰還騙你！」

大鬍子又說：「不要這樣嘛！明天就要開機了。哪能爲一句話就得罪了人家，你不要以爲我沒有是非觀念！」

我說：「你怕得罪她，我可不怕，我跟你的電視劇根本沒有關係！」

大鬍子說：「男子漢不能受不得委屈，有點委屈就受不了，將來怎麼在社會上工作呢？再說，還要請你當游泳的替身呢！」

我說：「替身？給那個狂妄的傢伙當替身？我堅決不幹！你願意找誰就找誰！」

大鬍子火了：「你怎麼一點大局觀念都沒有呢，光憑感情用事！你如果非要走，我也不留你，今天晚上不行！明天一早我派車送你去火車站。我對你也算是仁至義盡了……」

大鬍子走了，我的頭腦開始冷靜點了。

忽然，隔壁傳來吵架的聲音。我走出房門，聽見聲音是從吳導的屋子裡傳出來的。我悄悄走過去，只見吳導的門半開著。吳導坐在椅子上，女藝術家正站在屋子中間慷慨陳詞。

女藝術家說：「我再說一遍，我的兒子絕不能吃肥皂！」

吳導說：「我也再說一遍，這個動作絕不能找替身，你也拍過電視劇，這樣根本沒法處理！他吐肥皂泡的時候，我一定要讓觀眾看見他的臉！」

新夏剛說：「吳導！要不這樣，我可以吃泡泡糖，我可以把泡泡吹得很大……」

吳導站起來激動地說：「這怎麼行？孢子吃肥皂，就要吐肥皂泡，泡泡糖的泡怎麼可以？虧你說得出來！」

女藝術家說：「這差不多嘛！反正都是泡泡嘛……」

吳導幾乎是喊起來：「怎麼能一樣呢？肥皂泡可以飄在空中。泡泡糖的泡能飄在空中嗎？肥皂泡晶瑩透明，泡泡糖的泡粉滑溜秋，像個魚鰾似的……你們說，這怎麼能一樣？」

女藝術家耍賴似地說：「反正我不能讓兒子吃肥皂！你打聽打聽，有哪個拍電視的讓孩子吃肥皂？」

吳導說：「我又不讓他嚥下去，只吃一點點，或者喝一點肥皂水，只要有泡出來就行！」

女藝術家說：「一點也好，一塊也好，反正味道都是一樣的！」

吳導有氣無力地說：「那妳說該怎麼辦？」

女藝術家說：「你可以修改劇本嘛！沒有這點東西，電視劇還不是照樣拍，就你們這樣的條件——住小學辦公室，吃大鍋飯……」

有人在背後拍我的肩膀，我嚇了一跳。原來是大鬍子。

大鬍子說：「沒你的事，別在這兒聽！」

大鬍子拉著我走回宿舍說：「咱們再好好談談，不要感情用事……」

我們剛剛坐下，只見吳導氣沖沖地推開門：「大胡在這兒嗎？」

大鬍子招呼說：「我在這兒，怎麼著？吳導！」

吳導說：「人家提出三個條件，否則就要走人！」

「什麼條件？」

吳導說：「第一，這裡條件不好，她要和兒子去住賓館。第二，修改劇本，刪掉肥皂泡的細節。第三，給孢子加一個媽媽，由她來扮演！」

大鬍子眼睛瞪得不能再大了：「她是不是說著玩的？」

「不是，她鄭重其事！」

「原來的問題不就是一個肥皂泡嗎？」

「是呀！說著說著，忽然又提出另外兩個問題。」

大鬍子說：「這不是胡鬧嗎？」

吳導說：「誰說不是呢！」

大鬍子氣憤地說：「她原來也不講，明天就要開機了，這不是故意卡脖子要命嘛……讓他們走！」

吳導說：「你說得倒輕鬆，他們走了，誰來演戲！」

大鬍子痛苦地閉上眼睛，屏住呼吸，像個練氣功的法師。

好一會兒，他忽然睜開眼睛，站起來把吳導拉到一邊，小聲地嘰咕了幾句。

吳導抬起頭，目不轉睛地看著我。

他走到我的跟前：「小伙子，你能演孢子嗎？」

我愣住了，對於這個問題，我一時都反應不過來。好半天我才說：

「讓我替他吐肥皂泡嗎？」

吳導說：「不！這次不是替身，而是眞身！」

「我演孢子？」

「對！你演那個又會游泳，又會吐肥皂泡的孢子，行嗎？」

「你們看我行嗎？」

「你自己看你行嗎？」

我想了一會兒說：「我覺得我行！」我的聲音有點顫抖，好像不是由我嗓子裡發出來的。吳導又說：「你的台詞還沒有背，你的形象和表演都不如人家，你憑什麼能演好孢子？」

自信忽然回到了我的身上，我說：「包子有餡不在褶兒上，我連夜背台詞……。」

吳導眼睛一亮：「說得好！好一個『包子有餡不在褶兒上』。人光有決心還不行！咱們醜話說在頭裡，你從來沒有拍過戲，我們也沒有試過你的戲。拍這個戲要花十幾萬塊錢，不能因為一個人給糟蹋了。你今天夜裡就背台詞，明天下午試拍。如果不行，我們再換人，怎麼樣？」

他伸出右手。

我像男子漢一樣握住他的手：「好！一言爲定！」

吳導問大鬍子：「明天計畫是不是銀行那場？」

大鬍子說：「沒錯！銀行搶劫，孤女認父！」

吳導說：「好！你去找唐多來和他一起練！」

大鬍子說：「唐多感冒了，已經吃了藥睡下了……。」

我說：「我有辦法，我去找劉小賢，她把劇本全部背下了！」

吳導又握住我的手：「就這麼辦，大鬍子給你們排練，孢子！拜託了！」

「放心！」

大鬍子笑著對我說：「怎麼？還走嗎？」

我說：「暫時先不走了！」

第十二章　強盜的女兒

我把劉小賢從宿舍裡叫出來，將我要演孢子的消息告訴了她，並請她幫我的忙——連夜排練。

聽到這個消息，劉小賢像聽自己當主演一樣高興。她拍著巴掌說：「好！祝賀你！咱們現在就練！」

她這麼熱情，我心裡反倒有點不是滋味。我光顧了自己高興了，人家心裡會是什麼滋味？我說：「妳看！也沒有妳的戲，眞是委屈妳了。」

劉小賢說：「這怕什麼？我雖然不能演，但我總算爲這個戲出了力……你等著，我把我爸爸也叫來，一起排……」說著，她就往老劉的宿舍跑。

看著她那活蹦亂跳的背影，我心中十分感動。

在食堂的大廳裡，我們正兒八經地開始了排練。

大鬍子拿來了許多道具。他把一身破衣服遞給了老劉，還給了他一把手槍。

我問：「有我的槍嗎？」

「你用什麼手槍？你的手就可以發射能量強大的激光！」

我搓了搓雙手，彷彿手裡眞的有什麼致命的武器。

大鬍子又遞給我一件有許多口袋的背心，讓我穿上，然後在上面繫上了幾個小塑膠袋。

我問：「這是什麼？」

大鬍子說：「這個塑膠袋是血袋，上面有根小線，一聽到槍響，你就把小線一拉，藍色的血液就會從袋裡流出來……，另外兩個小袋是炸藥，對方一舉槍，你就拉上面的線，炸藥就會爆炸……。」

「那不是就把我給炸傷了嗎？」我有點害怕地看著懸在我胸前的小口袋。

大鬍子說：「不要緊，那點炸藥不多，也就是個小爆竹裡的炸藥。再說，這個背心裡有金屬夾層，可以保護你。」

我放心了，又問：「拍戲的時候，這些東西是不是得擋著？」

大鬍子說：「那當然，外面必須再套一件衣服。」

一切交代妥當，我們在大鬍子指導下進行排練。

排練進行得非常順利。老劉拿著手槍，穿著那身髒兮兮的衣服，還眞像個強盜。他極認眞，極賣力，還自作聰明地替大鬍子出些可笑的主意，逼得大鬍子不得不制止他：「你不要再插嘴了好不好！你是強盜，做好你的本職工作——搶銀行就行了！」

老劉笑咪咪地點點頭，可過了沒一會兒，他又插嘴，氣得大鬍子直搖頭。

就連大鬍子也不得不承認，劉小賢平時看起來不愛說話，舉止總有些拘束，但拍起戲來卻十分聰明，十分潑辣，將來很有前途。大鬍子說，明天排練還讓劉小賢上。直樂得老劉合不上嘴。

我今天晚上就像通了神，劇本上的台詞看一遍居然就能背下來，我自己也十分吃驚。在這段時間裡，說我是一目十行、過目不忘，眞是一點也不過分。

時間一個小時一個小時飛快地過去了。直到吳導進來喊我們睡覺，我才知道，已經是凌晨四點鐘了。

我在睡夢中被人推醒了。一睜眼，只見老劉和劉小賢站在我的床前。我看看手錶，十一點了！再向四周一看，所有的床上都是空的。

我急了，一骨碌從床上坐起來：「他們都上哪兒去了？」

老劉說：「都拍戲去了！」

我說：「怎麼沒叫我們呀？」

老劉笑笑：「你別著急，今天上午沒有我們的戲！你看，小賢也沒有去。大鬍子說，我們昨天睡得太晚，特意讓我們多睡一會兒……。」

我鬆了口氣，但心裡還是有點疑惑。小賢的戲都由唐多來演，小賢當然不用去……老劉還矇在鼓裡呢！會不會有什麼「陰謀」呢？

我問劉小賢：「你們都睡了嗎？」

劉小賢說：「我也是剛剛被爸爸叫醒的，爸爸沒有睡，他還做早飯來著。」

老劉說：「起來吧，精神精神，待會兒吃午飯。咦！這些傢伙怎麼還沒回來呢？說是上午沒有多少戲嘛！」

就在這時，門忽然被推開了。李媽風風火火地跑進來：「你們怎麼還不去呢？」

「幹麼去呀？」我們一起問。

「拍電視呀！」

「在哪兒？」

「小學對面的銀行呀！」

「眞的？」

「我看見人家扛著機器進去的呀！」

老劉說：「快走，就是銀行認父那一場。」

當我們衝出校門的時候，老劉穿著破衣服，手裡拿著手槍，兩目瞪圓，嘴用力下撇，與一個眞強盜相差不遠。我緊跟其後，衣服裡已經套好了那件「多功能」背心，上面掛著的「血袋」和「炸藥」都是雙份的。三個人當中，只有劉小賢最「慘」。只有一只老式的「銀鎖」掛在脖子上，雙眉緊鎖，也算是個「劇」中人物吧！

出了校門，馬路斜對面的銀行就在眼前。門口停著一輛麵包車。四周圍著十來個人，正在向裡面眺望。

我們擠入人群，推開銀行的玻璃門，眼前的景象讓我愣住了。

一個人肩扛攝影機站在角落裡，頭上卻套著一個像尼龍襪子的東西，根本看不清是不是劇組的趙叔叔。兩個「強盜」頭上也都套著「尼龍襪子」。手裡拿的卻不是手槍，而是銀光閃閃的匕首，正在和出納員

「談判」。

攝製組的熟人一個也沒有。

我對老劉說：「這不是咱們那個攝製組吧！可能是另一家拍電視的……」

老劉說：「別急，我去問問！」

老劉走到攝影師旁邊問：「請問，你們是孢子攝製組的嗎？」

那人說：「是！」

老劉走到我旁邊說：「沒錯，準備上！」

只聽見出納員大聲說：「我們沒有接到拍電視的通知呀！」

一個強盜說：「一通知就假了，這樣才眞實……這是最佳狀態……開始！」

我對老劉說：「不對吧？」

老劉說：「這叫眞實感……」

攝影機嘎嘎嘎地響了起來。

一個強盜對出納員說：「趕快把錢都堆到櫃檯上來！」

我和小賢正在發愣。老劉卻叫了起來：「我是強盜啊！」大廳裡的人都爲之一愣，另一個不知從哪兒跳出來的傢伙惡狠狠地對老劉說：「不要說話！」

老劉爭辯說：「事先講好的嘛！你們不能言而無信！吳導演呢？大鬍子呢？」

那個傢伙說：「閉嘴！這是同步錄音；吳導演在外面呢！」

老劉低聲對我說：「我去找導演，你們情緒不能受影響，好好拍！」

我點點頭。

忽然一個「強盜」用刀子頂住出納員的鼻子：「快把錢拿出來！」櫃檯裡的營業員們個個呆若木雞。那效果絕對真實。這時，另一個「強盜」衝進了櫃檯裡，拿起桌上的錢就往書包裡裝。

還沒等我說話，劉小賢慢慢走到櫃檯外那個高個兒的強盜身邊，仔細看看那強盜的臉。

高個兒強盜說：「妳看什麼？」

劉小賢忽然大聲喊：「爸爸——。」

高個強盜大吃一驚，過了好一會兒才說：「躲開！」

那強盜在這裡本來是沒有台詞的，這個強盜屬於即興發揮，要說表演比老劉可是差遠了……。

小賢眼裡充滿淚水：「爸爸——你不認識我了？我是你的女兒呀！」

「強盜」又愣了一下：「躲開，你搗什麼亂！」

我快步走到「強盜」面前，衝他舉起右手，朗朗地說道：「好吧！既然她不是你的女兒，那我就只好把你化為灰燼了……」

「強盜」的五官在尼龍襪子後面抖動著。他大聲說：「你要幹什麼？小心我捅死你！」那刀就在我的眼前晃動。我當然不怕，依然是面無表情地看著他，平舉著右手。

劉小賢猛地拉著我的手哭喊道：「孢子！你不要傷害他。他是我的爸爸！」說著，她從脖子上摘下銀鎖：「爸爸，你看，這是媽媽臨死時留給我的銀鎖……」

這「強盜」的表情真棒！我無法描述他是發呆還是驚恐？是莫名其妙還是若有所思？

這時，那個已經搶了錢的「強盜」拿著背包從櫃檯裡竄出來。

於此同時，銀行大廳裡突然響起了刺耳的警報聲，不知是哪個營業員按響了警報器。

我們眼前的強盜正要走，卻被劉小賢拉住：「爸爸，你從小教我要善良……你不能當強盜……你要想想你的女兒呀……你原來是個多麼好的爸爸呀！」

拿著背包的強盜用匕首指著小賢的胸口說：「妳再不躲開，我就扎死妳——」

我跨上一步，橫在小賢和「強盜」之間。

還沒等我說話，那「強盜」已經揮刀向我的肩膀刺來，我本能地一閃，刀子碰到了我的胳膊上。

我該「流血」了。

我用手把小白繩猛地一拉，沒想到，砰的一聲，把我嚇了一大跳，

「強盜」也嚇了一大跳。

我又拉了一根小白繩，然後用手在胸前一抹——一手的藍墨水。我把手伸給強盜看：「看見了吧？我的血是藍色的！現在——我要看看你的血是什麼顏色的！」我又舉起右手，平伸著。

「強盜」傻了。

銀行的窗外響起了尖厲的警車聲。

「攝影師」大聲喊：「快跑！」

眼看兩個強盜猛地向大門衝去。

大門突然被撞開了。

五六個身穿警服的警察平端著手槍大喊：「放下武器，舉起手來！」

老劉居然也在其中，他也端著那枝沒有子彈的手槍。本來劇本裡是沒有警察的。甲強盜應該認出了自己的女兒，然後抱頭痛哭……這是怎麼回事？

「攝影師」很鎮靜地走上前說：「警察同志，我們是拍電視的！」

警察平端著槍走過去，嘩啦一聲。我定睛一看，一副錚亮的手銬戴在了「攝影師」的手腕上。另外兩個「強盜」也被照此辦理。門口的一個傢伙剛要溜，被警察一把抓住。一位警察在大廳裡對著大家說：「他們根本不是拍電視的，他們是假藉拍電視來搞搶劫的……」

聽見這話，我差點暈了過去。劉小賢也不比我好多少，她正緊緊拉住老劉的手，臉色煞白。

男出納員走到警察跟前指著我們這個方向說了幾句什麼。

那警察剛一聽完，就大步流星地走到我們面前，滿臉微笑地緊緊握住我的手：「小同學，多虧了你們，多虧了你們機智勇敢！你們太棒了！沒有你們的阻攔，那些傢伙說不定已經得逞了。」

這時候，我才覺得右胳膊很疼。

警察低頭一看：「啊！你受傷了，趕快送醫院——」

第十三章　貓牌橡皮出現了

我在醫院的病床上「接見」了大鬍子和吳導。陪同「接見」的還有劉小賢和老劉。

大鬍子拉著我的手說：「不是告訴你們下午拍戲嗎？你們瞎跑什麼？這多危險！」

老劉在一旁說：「我們要是不去，那銀行不就讓人搶了嗎？」

吳導說：「話不能那樣說，孩子萬一有個三長兩短，我們這一輩子不都後悔嗎？他們是小孩子不懂事，你是大人，你怎麼能聽風就是雨呢？」

老劉不滿地說：「我聽風就是雨？你們演員換來換去的！我怕萬一你們又把我們給甩了……」

大鬍子說：「算了！事已如此，也就別爭了……夏剛，你感覺怎麼樣？傷得重嗎？」

這時，門開了，擁進七八位手拿照相機和攝影機的記者。一進門，還沒說話，只見銀光亂閃，噼噼啪啪照起相來。

我剛要坐起來，他們合力把我按倒。

我笑著說：「你們是眞的還是假的？這兒可不是銀行！」

大家先是一愣，接著便哄堂大笑。

老劉對記者們大聲說：「請大家讓孩子先休息，我來給你們介紹情況。」

記者們把老劉團團圍住。

老劉點著一支菸，沉吟片刻說：「這件事還得從頭說起……」

劉小賢說：「爸爸！病房裡不能抽菸！」

那些記者們卻一起說：「讓他抽吧！讓他抽吧！請您快說！」

老劉笑了笑又說：「剛一進銀行，我就發現情況不對！當時我手槍裡如果有子彈，我早就開槍了，也不會讓這個小同學受傷。我怕打草驚蛇，就囑咐他們倆假戲眞做……」

我沒想到老劉居然還有這樣講故事的口才，連大鬍子和吳導也被吸引過去了。我眞想笑，又怕給老劉下不來台。

老劉接著說：「他們在屋裡拖了強盜，我就到外面報警去了……」

老劉去沒去報警我不得而知。據我現在分析，那位按響銀行警報的人是對抓強盜做了很大貢獻的……老劉有點誇大其辭。

老劉的故事很長，而且翻來覆去。聽著聽著，我就睡著了。與強盜鬥爭的一場「戲」的確耗費了我的全部精力。

第二天吃早飯的時候，劉小賢和老劉又來看我。放下他們給我送的好吃的，老劉又遞給我一張報紙，不知爲什麼，他的神色有些黯然，跟昨天「答記者問」時的神色大不一樣。接過報紙，大字標題赫然入目：

當代少年正氣歌

文章中詳細介紹兩個小英雄——夏剛和劉小賢怎樣機智勇敢不畏強敵，制伏了四個大強盜……少年英雄夏剛身受重傷正在住院治療。請讀者放心，沒有生命危險……

我說：「什麼叫沒有生命危險啊？太玄妙了！」

老劉說：「寫的沒錯！你有生命危險嗎？」

我沒得說，這記者眞厲害！

我又把文章從頭到尾看了一遍說：「咦？怎麼一點也沒提到您呢？」

老劉酸溜溜地說：「嗐！提咱幹麼？人家是少年正氣歌……咱老啦！」

我說：「這不公平！另外把我們吹成這樣也不符合實際情況……」

老劉看我這樣體諒他，忽然又變得豪爽：「沒關係，女兒能上了報紙，我就挺知足的，咱是小英雄的爸爸不是，還能跟閨女爭功嗎？」

我說：「報紙上說我身受重傷，其實我就是胳膊上有個小口子，現在也好了，我要出院，總在這兒待著幹麼？」

老劉說：「你不懂！這種勇鬥歹徒的事要大力宣傳，說不定，首長還要接見你們呢……好好待著，聽命令！」

午睡的時候，我迷迷糊糊地做了個夢。夢見爸爸媽媽都站在我的身邊，大鬍子和吳導正在向他們道歉。我總想睜開眼睛，可又總睜不開。

大鬍子說：「你不是要鍛鍊鍛鍊他嗎？」

爸爸說：「也沒讓你這樣鍛鍊呀！萬一他有個三長兩短……。」

吳導說：「眞是意想不到的事情，這件事要不是在我眼前發生，我還眞以爲是胡編的呢！唉！實在是抱歉！」

媽媽走到我的身邊，眼淚滴到我的臉上，臉上覺得熱呼呼的。我竭力想讓自己睜開眼睛。費了好大的勁，我終於睜開了。

我愣了，這不是夢！爸爸媽媽眞的站在我的床前。

媽媽說：「夏剛！你好嗎？」

爸爸也說：「夏剛！爸爸媽媽來看你了……。」

我猛地跳起來，抱住爸爸媽媽的脖子：「我沒事！」

媽媽抽抽答答地說：「我們接到電報，一夜都沒睡，今天一早就坐飛機趕來了。」

爸爸說：「唉喲！這哪是鍛鍊你呀，這簡直是鍛鍊我呀。都怪你媽媽……。」

我說：「這不能怪媽媽，你當時要是告訴我那個接我的人叫什麼、住什麼地方就好了，我可以直接去找他……。」

爸爸忽然看著大鬍子和吳導對我說：「他們不是已經把你接來了嗎？」

我猛地一下明白了，我萬萬沒有想到……。

我對大鬍子說：「請問，有老鼠牌鉛筆嗎？」

大鬍子苦笑著說：「對不起！我只有貓牌橡皮……。」

我撲上去緊緊抱住大鬍子的腦袋說：「啊！大鬍子同志，我可找到你啦……。」

我驚訝地問：「吳導，這戲都是你們安排的嗎？」

吳導苦笑著說：「怎麼會呢？我們怎麼能安排讓歹徒眞捅你一刀呢？這戲有眞有假，雖然我和大鬍子設計了一些鍛鍊你的主意，但事情並沒有按照我們設計的方向發展……我們原來根本沒有想讓你演主角的打算，當然更沒想到你今天能躺在醫院裡……抱歉！」

我說：「抱什麼歉！我得感謝你們！我現在感覺特好……。」

大鬍子把報紙遞給爸爸說：「老夏，你眞得謝謝我們！照你的安排，是出不了英雄的！」

我心想，這個暑假一過，我回到學校，不用吹牛，只要把我的眞實經歷一說，還不把同學們全給「震」趴下……。

作家與作品

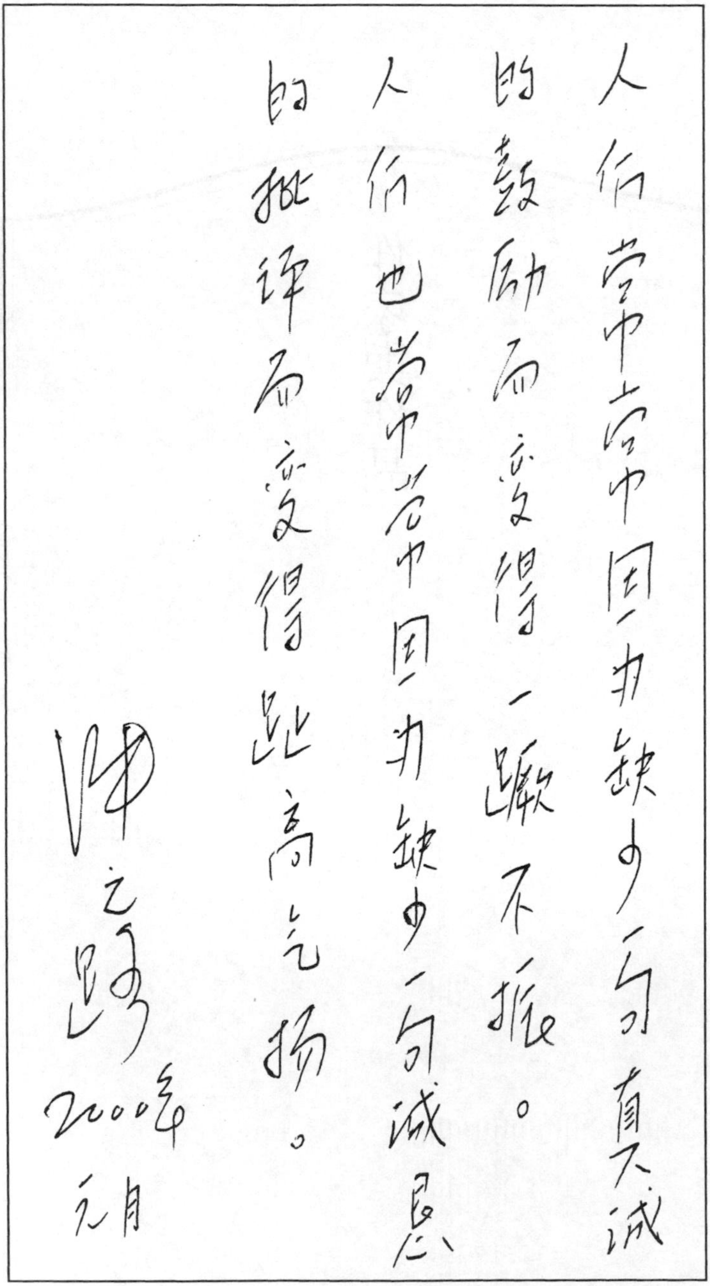
人們常常因為缺少一句真誠的鼓勵而變得一蹶不振。
人們也常常因為缺少一句誠懇的批評而變得趾高氣揚。
陳之藩
2000年
元月

人們常常因爲缺少一句眞誠的鼓勵而變得一蹶不振。
人們也常常因爲缺少一句誠懇的批評而變得趾高氣揚。

1996 年 12 月，張之路應中國海峽兩岸兒童文學研究會、聯合報系民生報及聯合報系文化基金會的邀請，來台參加「海峽兩岸少年小說研討會」。　　　　（桂文亞／攝影）

話說我和之路的友情

孫幼軍

我比之路大十四歲，可誰也沒想到過「忘年交」這個詞兒。二十多年前初識時，年齡可能更顯得懸殊。按他的回憶，別人一介紹，我「唰」地站起來，「倒像下級見到上級」。我也覺得他是個熱情、豪爽的北方漢子，一下子就喜歡上他。

奇怪的是，我這人很任性，越是熟悉的朋友，我越隨便，爲此，傷了一些老朋友。但是，我怎麼尥蹶子，之路也不在乎。反過來，之路的嘴巴也不饒人，反脣相譏，咄咄逼人，我也只覺好笑，從不往心裡去。友誼有時候有點兒像愛情，說不清，道不明，反正棒子也打不散就是了。

還有，我跟之路是君子之交。這裡沒有自我標榜的意思，只是說關係很「淡」。譬如說，從來沒有禮節性的拜訪，也想不起在對方過生日時候，打個電話祝賀，甚至新年也這樣。完全沒什麼「如膠似漆」、「形影不離」。但是，每當碰到難題，像構思時鑽進了死胡同，心裡有什麼不痛快，只消拿起電話講一句，對方無論多忙，馬上會出現在面前，然後是難題得到解決，或是把你的苦水裝滿滿一塑膠袋子，揹走了。

去年有一天他打電話說要來，我收拾好桌上雜亂的材料，關上電腦等他。聊了一通，我帶他到附近一家小餐館吃晚飯，問他吃什麼。他說，要一碗炸醬麵就可以了，接著，臉上出現一絲平日罕見的靦腆，說，今天是我生日。我恍然大悟，一定是他那日理萬機的漂亮太太又出差了，他耐不住生日的寂寞。我心裡很感動，也很快活——我是他朋友裡的第一選擇。他不讓我要酒，我也不勉強他，就舉茶同他碰杯，祝他生日快樂。那頓飯很不像樣子，但看得出，他確實很快樂。

我去之路家，他請我吃的飯要闊氣得多。不過，我更喜歡他在「工作間」給我準備的家常飯。他紮上小圍裙，手裡拿著大杓子，家庭主婦般在灶前轉來轉去，一忽兒問我剩的紅豆粥要不要喝?一忽兒問我饅頭是餾一餾還是切成片用油炸?自然，一忽兒又轉身，賣力氣地在砧板上切起香腸來。我則燃上一支香菸坐在一旁當大爺，滔滔不絕地「講種棉花」(之路挖苦我：「講襯衫的製作，從種棉花開始!」)。始終只有我們兩個人，自在得很!

之路的創作成就同我們初相識時已不可同日而語。近年來更是佳作層出不窮，而且篇篇出手不凡，博得大小讀者和評論界普遍讚揚。大概由於風格近似吧，我喜歡他的作品，他也喜歡我的，有趣的是，只在背後講(有時候，有人告訴我，張之路在發言的時候很欣賞你某篇童話；我也有時候在他沒出席的會議上誇獎他的某篇小說），我們到一起卻幾乎沒有好話，總是挑毛病的時候居多。互相交換自己創作構思的時候，彼此也老愛說：「這麼著不行！」我在〈之路和他的傻鴨子〉一文裡說：「之路給我講他構思的時候，並沒有說他要讓歐巴兒死掉，如果他說了，我一定會堅決反對。」這個「堅決反對」就反映了我交換構思的那種直言不諱的情況。

當面不講好話，該也是我上面說的「淡」的一種吧！

知道我們彼此了解，就有熱心人讓我們寫些文字介紹對方。俄國著名的寓言作家克雷洛夫有篇寓言叫〈公雞和布穀鳥〉，描述兩位叫得都很難聽的先生互相吹捧，讚揚對方唱得婉轉動聽、感人肺腑。之路剛剛應約寫過介紹我的文章，我便避開他的小說，「王顧左右而言他」，免得成為克雷洛夫筆下的公雞，把之路也累成布穀鳥。

人生一如連台好戲，精采不斷

許建崑

在台灣首度被出版的大陸兒童文學作家作品，張之路算是先頭了。他當過中學教師，一九八一年開始寫作，次年被調中國兒童電影製片廠擔任編輯。他能寫電影劇本，也擅長把寫劇本的本領融入小說、童話之中。十二年後，他的作品《傻鴨子歐巴兒》、《魔錶》、《帶電的貝貝》、《第三軍團》陸續登陸，民生報也跟著出版《空箱子》、《懲罰》兩書。他創造的童話角色，體貼而善良，贏得許多讀者的芳心。至於小說和劇本的選材新穎，情節轉折極富震撼力，感情的表達直截而熱切，對於社會及學校教育的種種現象加以抨擊，讓國內普遍缺乏想像力的少年小說市場，有很大的衝擊。一九九二年台東師院舉辦少年小說論文討論會，屏東師院陸又新教授即以〈題王許威武〉爲題，談師生關係，學者們對於這種「非寫實」題材處理，又包含著深奧的人生議題，非常迷惑。

一九九六年在北京參加「桂文亞作品研討會」，第一次見到了張之路。像兩個頑童似的竊竊私議，約定要逃離無聊的會場，去逛故宮。等到開溜的時候，張之路後悔了，慘白的臉漲紅了說，會對不起桂文亞。天啊！溜與不溜，都是背叛！我永遠記得張之路那天穿著一件沁紅的T恤。

一九九七年張之路與浙江師範大學方衛平教授訪問台北，發表論文。對作家而言，要離開作品而談創作理論，是件痛苦的事。不過張之路還是做了，他用譬喻的方式寫成〈文學這棵樹〉，發揮了移花接木的能耐。我想爭取帶他們兩人遊日月潭、阿里山的機會，被桂小姐否決了！金枝玉葉，怎麼可以做行程外的冒險?最後,我獲准在早上七點鐘,帶他們兩人去復興南路上吃清粥小菜!我的小孩孝先在會場上和他見面,回家後說,張伯伯穿的黑西裝,帥!我也試著選套黑的,可是怎麼穿都不對勁。

一九九八年我們全家人訪北京,到辦公室去找張之路。他剛從廣西回來,腳上丹毒發作,腫得一隻腳兩隻大,據說是勞累過度,見了朋友窮聊天,睡眠太少而引發舊疾。見了面,第一句話就問起帶他去吃早餐的小車子。我還來不及納悶,他向在場的朋友誇獎我的駕車技術,可以技巧地把停在旁邊的車子頂開。他臉上並沒有邪惡的表情,可是我敢打賭他的內心在狂笑!這回換他帶我們全家去「老邊餃子館」吃飯,瘸著腿,爬過一座公園的假山,很讓人心疼呢!

一九九九年夏天,我隨台東師院師生訪問北京師範大學,參加一場兒童文學教學研討會,再次見到張之路。他第一個動作,就是要我脫西裝,解領帶。那麼熱的天,室內冷氣機不管用。爲了妝點訪問團門面,我拒絕他的好意,一個上午下來，全身濕淋淋。下午，我主持討論會，爲了認同他的看法，狠狠把領帶拔掉，結果這位湯姆．索亞溜了。我心裡想，就是完全不穿衣服，也太熱了！張之路怎麼可以一個人溜出去逍遙？

張之路在想什麼？下個動作要做什麼？實在難以預料。正如他的作品，要掰出怎樣的驚濤駭浪，也是難以預期。檢查他所取得的事物，又純粹是生活周遭所見。民生報陸續爲他出版《一個哭出來的故事》，是本科學童話，介紹了自然界種種知識，卻也寫了壁虎與蚊子的對決，觸及生命本質的無奈。《蟬爲誰鳴》，把奇幻的鬼魂報恩故事融入校園題材之中，何其詭異。書中初三女生楚秀男，受困於升學壓力之中，幻想著甜美的初戀滋味，被校方宣判爲無可救藥。那個來無蹤去無影的男孩邊域，竟然是楚爸爸在山區調查工作時，所幫助過的孩子。他死在大學聯考的失意中，魂魄飄向遠方，去幫助恩人的女兒。這個故事看似怪力亂神，但也反映了現今教育制度下學子的苦悶，與社會價值觀點的偏差。許許多多逼孩子讀書、讀書。讀書做什麼呢？

相形之下，此次出版的《有老鼠牌鉛筆嗎？》，倒有許多溫馨而有趣的場面。一胎化政策之下，父母把所有希望寄託在孤單孩子的身上。擔心孩子成績不好，進不了好學校，將來沒有好文憑、好工作。功課以外的事，都不敢要求。但是看著孩子不會料理家務，缺乏獨立生活的經驗，內心的焦慮又不知從何說起？張之路提供一個「紙上冒險」的機會，讓讀者們隨著小主角夏剛，拿張火車票，記誦一句接頭暗語，「出門」去體驗生活。搭上卧鋪火車，夏剛初識「左鄰右舍」，也漸漸探知不同的人生序幕。他誤以為熱心的老邱是爸爸派來的「密使」，結果引出另一段更感人的父子情愛。他假裝會算命，誤打誤撞，得到衆人瘋狂的崇拜。下車時尋找「接頭人」，被大鬍子趕進電視台的包車，來到鄉間小學，還被指定為主角，演出會口吐泡泡的外星人。陰錯陽差，也就假戲眞做吧！沒想到眞正的同名童星出現了，夏剛淪落到廚房裡幫忙。童星不肯下海游泳、口吐肥皀泡泡，夏剛又得當替身演員。被通知前往銀行演出「銀行認父」，竟然遇見眞強盜行搶。夏剛受傷住院，消息上了報。爸媽趕來探視，責備朋友沒有盡到照顧的責任，這才曉得大鬍子是眞正的接頭人。

全書高度的娛樂效果，在於戲中有戲，眞假難分。張之路鋪寫的本領，是不用說了！孩子們冒險、進取、勇敢與正義的精神，凜然不可須臾！反映現今「慈父嚴母」的家庭結構，也是生動十足！如果要挑戰張之路的話，或許可以出一個題目給他。什麼時候，可以在書中出現一位幽默而冷靜的媽媽，因爲人生舞台好戲連連，總要讓媽媽們也光榮一下嘛！要不然，張之路可能要戴上沙文主義的名號嘍！

愛的陰謀家

——關於張之路的成長小說《有老鼠牌鉛筆嗎？》

陳幸蕙

張之路的《有老鼠牌鉛筆嗎？》是一部成長小說，敘述十四歲少年夏剛，在生命中某一值得紀念的夏天，離開家與父母呵護、離開他所熟悉且充滿安全感的一切，去和這廣大陌生的世界打交道的故事。

——混合著些微興奮、不安與不確定感，當夏剛隻身離家時，簡單的行囊裡僅帶著幾枚黃瓜與西紅柿、二十包生力麵、一本《魯濱遜漂流記》。沒有人知道這從未在現實人生中闖鍊過的孩子，投身於湍急的社會洪流和自己視野以外的人生，會有如何驚濤駭浪的遭遇？但正如他充滿強烈暗示的名字所揭示的那樣——少年夏剛是以其生命的淋漓元氣、一個青春男孩所具備的最可貴的特質，諸如：熱情、勇敢、溫暖、正直和冒險的精神爲憑藉，而終在這一趟充滿未知與變數的旅程中，穿越歷練，通過考驗，給自己和讀者都來了個拍案驚奇的！

生活中的意外，其實是一次又一次峰迴路轉的起點；生命是永遠的奮鬥、學習和成長！而如何容納最大的變數，以明朗且富建設性的角度看待生活，活得幽默、精采、無懼，且富創造性——或許，這便是張之路在鋪敘少年夏剛的故事外，所最想傳達給讀者——尤其是青少年讀者——的一個訊息吧！

此外，在青少年成長過程中，父母角色的扮演、關鍵地位的掌握拿捏，乃至策略技巧之如何運用、設計，以便更富效能地帶領孩子成長，想必也是張之路在此小說中所著意討論和關切的課題。透過小說，我們所看見或了解的夏剛父親，是一個眼睛經常閃著光彩的四十歲中年男子，在中學擔任物理教師，對兒子的教育既處處用心又充滿活潑可喜的創意。爲了引發兒子內在的生命能量，讓他活出更好的自己，這開明風趣、彷彿「點子王」似的父親，不但經常在日常生活中，引領夏剛去發現或創造新的樂趣，同時，還更積極培養夏剛幽默的人格特質。美國小說家馬克吐溫曾說：

幽默的產生，不是因爲快樂，倒反而是由於悲傷。在天堂裡，幽默是不存在的。

而人生四十，已是滄桑開始爲歲月著色的年齡吧！年屆不惑的夏剛父親，想必對五味雜陳的人生也早有體會，洞明世事，人情練達，對生命有更寬廣的涵容，所以在夏剛的生活教育上，逕以培養其幽默情懷爲最高優先，不難理解。當然，年少如夏剛者，未必能了解父親的用心良苦，更難以參透幽默背後之深刻意涵，但在父親悉心調教下，他畢竟還是確立了以微笑面對人生的健康心態，型塑出不記陰，不記雨，只記晴天的明朗性格，並且小小年紀便具備了把日子過得，或說玩得很精采的本事。

在本書中，有關此一部分最感人的書寫，自是夏剛與老邱父子溫馨互動的情節。當時，夏剛隻身從北京赴青島闖鍊，恰與老邱和「年輕的菸鬼」在火車上巧遇——一段交織笑聲與淚光、揉融輕鬆諧謔與悵惘辛酸的故事，便在此萍水相逢的偶然際遇中緩緩展開，且彷如剝洋蔥般，逐層推進，終抵眞相大白、令人欲泫的核心。透過此一充滿戲劇張力的火車情緣，張之路將一名陽光少年的陽光性格，做了非常鮮明具體的演示，同時也啓發了讀者，所謂幽默情懷，其實便是一種溫暖且充滿善意的生活態度、精神和風格，在這種生活風格中，我們會自成美好的磁場，去改變，或影響外在、他人的磁場，如同心圓般，形成一波波善的循環。

不過，一心希望兒子「走向社會」、「經風雨見世面」的夏剛父親，對兒子的成長規劃顯然是更爲高階或全方位的。幽默情懷的培養外，他還更進一步精心設計，將夏剛從溫暖安全的家庭庇蔭，推向詭譎多變的世界，去涉足生活的粗糙面與不可測知性，激發他應變能力與獨立自主的精神，學習爲自己的生活負責——簡言之，企圖以一種近乎震撼教育的方式，將兒子琢磨、打光，變得更成熟自信且寬容。我相信父母級的讀者穿越本書故事山水，及至篇末，不覺莞爾，且終恍然於一個父親如此複雜細膩的非常思維時，掩卷尋思，所獲致的一個最大，或最有價值的體認便應是——

成功的父母，都是愛的陰謀家！

而這，或也是張之路透過夏剛故事所企圖傳達給讀者——尤其是成人讀者——的一個訊息吧！

畢竟，夏剛之所以是一個陽光少年，是因爲他有一個陽光父親、陽光家庭的緣故。這個父親所披露的愛的版本，不僅活潑有趣、別出機杼、不可思議，甚至大膽、勁爆，他對自己教育策略的強烈信心，可說正詮釋了美國女詩人艾蜜莉·狄金遜的名言：

我老是不知該從哪裡開始著手，但我相信從愛開始絕不會錯！

於是，當張之路揭開小說序幕時，他所拋給讀者的，雖是一個像謎一樣引發人無限好奇、想像與悅讀興味的問號；然而當故事結束，少年夏剛在父親精心策劃下，終經歷一段曲折且饒具意義的成長之旅時，浮現在我們心頭的，卻是一枚令人低徊不已的驚歎號！

基本上，這是一部可以，也禁得起從多重角度加以討論的小說，因為作者置放於文本中之諸多議題，除前所述外，其他如人性的顯影，成長的資源、責任與陷阱，成人社會與孩童世界的對比落差，乃至在藝術處理上，幾對親子關係平行並置所形成之微妙映襯對照等，都頗具論述「潛力」。張之路以一枝輕快流暢之筆，遊走於生活現實與豐富的想像之間，將許多即興趣味與生活裡眞實而又眞正動人的東西，有機組合，織綴成一則引人入勝的現代都會傳奇、成長物語，啓人深思之餘，暢意直飆的想像力尤令人過癮稱快。書中那把關鍵性的「鑰匙」（key）——

「請問有老鼠牌鉛筆嗎？」

「對不起，我只有貓牌橡皮。」

——豈不便是融合童心、詼諧與妙趣的「暗號」，教人印象深刻，過目難忘？而電視劇《神奇的孢子》之開拍，幕前幕後，多少秘辛曲折，陰錯陽差，出人意表，又充分呈現了「戲中戲」繽紛熱鬧、高潮迭起的效果。因此若將這整個故事拍成電影，想必是耐人尋味、溫馨與懸疑色彩兼具的喜劇小品吧！然而，也正因如此，本書結尾以「當代少年正氣歌」，來指稱夏剛智擒銀行搶匪的戲劇性情節，便可能略顯嚴肅、沉重了些。質言之，以貫穿全書的喜劇氣氛，和張之路透過夏剛父親所宣揚的幽默哲學來看，若在「養天地正氣，法古今完人」和「養天地喜氣，法古今趣人」這兩種生活態度或價值觀中擇一的話，後者，其實應更符合時代精神潮流，也更能呼應、彰顯本書旨趣。

而海峽兩岸畢竟有隔，書中兩度提及之現代京劇《紅燈記》，對台灣讀者言，便較難領略個中妙處。此外，本書第一章論幽默部分，說理痕跡明顯，若能以show而非tell方式處理應更自然。至於其他幾個細節，例如：夏剛母親前後性格略顯矛盾；少數幾章標題如「運氣來了擋不住」、「貓牌橡皮出現了」等，點題一針見血，直指故事核心，「露餡」的結果，降低了懸疑趣味，也頗可惜。然而張之路畢竟是說故事的高手，小疵不掩大瑜，在呈現高度的閱讀樂趣、悅讀印象之餘，這本意涵豐富的成長小說，確實還值得我們從其他多種角度繼續加以解讀、思索、推敲與觀照。

我問問題 你回答

陳幸蕙

1. 張之路《有老鼠牌鉛筆嗎？》可視為一部成長小說。請回顧你個人閱讀史，就所接觸過的成長小說，不論中外作品，列舉一至數本，和張之路此小說略作比較。

2. 在本書中出現的幾對親子，例如—夏剛父親與夏剛、老邱與「年輕的菸鬼」、老劉和劉小賢、女演員與「新夏剛」—各代表不同類型的親子關係。作者張之路將之平行並置於小說中，具有怎樣的意義？帶出了怎樣的藝術效果？

3. 幽默，為本書一大主題。你對幽默的看法、定義是什麼？本書第一章以父子對話方式闡述幽默的本質與意義等，你覺得張之路的處理方式如何？

4．以映襯姿態出現，老邱在本書中的角色特性如何？若世上真有這樣的父親（當然，肯定有），或設若你就是這樣的父親，你要繼續在兒子的生命中扮演怎樣的角色？再換個角度看，若你是老邱之子，那個「年輕的菸鬼」，那麼，回鄉後，你將如何重新開展你的人生？

5．請分別敘述你對老劉與劉小賢父女、女演員與新夏剛這兩種親子關係的看法。

6．夏剛父親是小說中關鍵人物，作者對夏剛母親則著墨較少。請你就張之路在本書中對夏剛母親的處理方式，略抒己見。

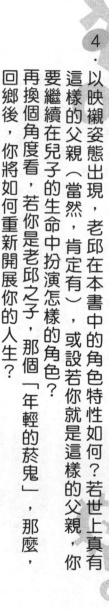

7．暫時走出這個故事，回到現實－若為人父母，為了讓孩子接受磨練、「經風雨見世面」，你是否會採用小說中夏剛父親所使用的方式？
如果會？為什麼？
如果不會？又為什麼？並說出你認為最好的讓孩子「經風雨見世面」的方法。

8．張之路以「有老鼠牌鉛筆嗎？／對不起，我只有貓牌橡皮。」做為夏剛與接車人之間的「暗號」。若故事背景設定在台灣，請你另構思一至數則有趣或具有在地色彩的「暗號」。

9．在本故事中，你最喜歡、欣賞、印象最深刻的人物是誰？為什麼？

10．請略述你對張之路小說《有老鼠牌鉛筆嗎？》的整體觀感與印象，以及這個故事給你的啟發是什麼？

張之路寫作、編輯年表

刊載·出版日期	書（篇）名	刊物或出版社	字數
一九八一年	灰灰和花斑皇后（童話）	兒童文學	六千
一九八二年	「小驢模特兒」等童話5篇	兒童文學·北京日報	一萬三千
一九八三年	老鼠藥店、野貓的首領（童話）	兒童文學·東方少年	一萬四千
	靜靜的石竹花（小說）		七千
	雙龍花盆（中篇小說）	未來雜誌社	四萬
一九八四年	「在長長的跑道上」等七篇小說	兒童文學·兒童時代	四萬二千
	大鼻頭和黑眼圈（中篇童話）	中國少年兒童出版社	四萬
一九八五年	「啊，那面紅旗」、「鈕釦」、「理查三世」等十餘篇小說	當代雜誌社	三萬
	野貓的首領（童話集）	明天出版社	十五萬
	在樓梯拐角（小說集）	重慶出版社	八萬
一九八六年	「影子」、「題王許威武」、「橡皮膏大王」等小說	人民文學·兒童文學·東方少年	三萬

一九八七年	霹靂貝貝（中篇小說） 小靈通（10集）（電視系列片劇本）	上海少年兒童出版社 中央電視台	十萬
一九八八年	「貓牌學校」等小說七篇 題王（小說集） 傻鴨子歐巴兒（中篇童話） 中外兒童電影故事（主編） 霹靂貝貝（電影劇本）	人民文學・北方文學・當代少年 中國文化藝術出版社 廣西出版社 接力出版社 中國兒童電影製片廠	三萬 十五萬 五萬 四十萬
一九八九年	「金蟲」、「騙術」、「空箱子」等小說		一萬二千
一九九一年	第三軍團（長篇小說） 魔表（中篇小說） 李小乖的耳朵（童話集） 羚羊木雕（小說） 魔表（電影劇本）	中國少年兒童出版社 湖南少年兒童出版社 湖南少年兒童出版社 全國中學課本 中國兒童電影製片廠	二十四萬 十萬 十五萬 四千

一九九二年	螳螂（中篇科幻小說）	中國校園文學・海燕出版社	八萬
	「懲罰」、「收藏」小說2篇	山東文學	一萬
	張之路獲獎小說選（作品集）	中國教育科學出版社	八萬
	第三軍團（長篇小說）	台灣國際少年村出版公司	二十四萬
	傻鴨子歐巴兒（電影劇本）	電影文學	
一九九三年	有老鼠牌鉛筆嗎？（中篇小說）	浙江少年兒童出版社	七萬
	還魂記（中篇童話）	湖北少年兒童出版社	六萬
	坎坷學校（長篇小說）	江蘇少年兒童出版社	十五萬
	傻鴨子歐巴兒（中篇童話）	台灣天衛文化事業	五萬
	魔表	台灣天衛文化事業	十萬
一九九四年	空箱子（短篇小說集）	台灣民生報	八萬
	懲罰（短篇小說集）	台灣民生報	八萬
	暗號（電影劇本）	中國兒童電影製片廠	
	人不要與貓同睡（長篇科幻小說）	中國校園文學連載	

一九九五年	我和我的影子（長篇童話） 羚羊木雕（獲獎作品自選集）	江蘇少年兒童出版社 華夏出版社	
一九九六年	第三軍團（12集連續電視劇） 靜靜的石竹花（中短篇小說集）	北京電視台拍攝 福建少年兒童出版社	
一九九七年	媽媽（10集電視劇本） 瘋狂的兔子（電影劇本） 一個哭出來的故事（童話集）	北京電視台拍攝 中國兒童電影製片廠拍攝 台灣民生報	三萬五千字
一九九八年	鼓掌員的榮譽（小說） 螳螂（科幻小說） 好玩，佳佳龜（電視短劇10集） 有老鼠牌鉛筆嗎？（電視短劇19集） 足球大俠（長篇小說）	兒童文學 台灣天衛文化事業 北京電視台 中央電視台 浙江少年兒童出版社	
一九九九年	蟬爲誰鳴（長篇小說） 足球大俠（電影劇本）	台灣民生報 中國電影製片廠拍攝	十萬字

二〇〇〇年	有老鼠牌鉛筆嗎?(中篇小說) 好玩，佳佳龜(長篇童話) 揚起你的笑臉(電影劇本)	民生報社 山西希望出版社 天津電影製片廠拍攝	七萬字 十萬字
二〇〇一年	非法智慧(長篇小說) 媽媽沒有走遠(電影劇本) 打架的風度(小說散文集)	民生報社 北京少年兒童出版社 中國電影集團公司拍攝 北京少年兒童出版社	十六萬字
二〇〇二年	烏龜也上網(長篇小說) 危險智能(電影劇本，改編自《非法智慧》) 張之路非常感動系列、張之路非常神祕系列、張之路非常可笑系列(以上爲少年小說、童話) 張之路文集五卷 我和我的影子(長篇童話) 蟋蟀也吃興奮劑(短篇小說集)	民生報社 中國電影集團公司拍攝 浙江少年兒童出版社 湖北少年兒童出版社 國語日報 吉林人民出版社	九萬字
二〇〇三年	妞妞和爸爸同歲(圖文本)	江蘇少年兒童出版社	

二〇〇四年	金鈴（電影劇本，改編自「我要做好孩子」）	中國電影集團公司拍攝	
	極限幻覺（長篇科幻小說）	湖北少年兒童出版社	
	夢斷三角蛋	上海福利會出版社	短篇小說集
	奇怪的紙牌	浙江少年兒童出版社	童話
	傷心的實驗	浙江少少兒童出版社	散文集
二〇〇五年	你就是名牌	北京少年兒童出版社	散文集
	極限幻覺	民生報出版社	科幻小說
	中國少年兒童電影史論	中國電影出版社	專論
二〇〇六年	第三軍團	湖北少年兒童出版社	長篇小說
	題王許威武	北京接力出版社	短篇小說
	瘋狂的兔子		
	足球大俠		
	霹靂貝貝	中國電影出版社	電影小說
	魔錶		
	危險智能		
二〇〇七年	紅嘴巴小鳥	人民文學出版社	短篇小說
	暗號	香港木棉樹出版社	長篇小說

得獎紀錄

日期	內容	獎項
一九八一年	灰灰和花斑皇后（童話）	兒童文學優秀作品獎
一九八三年	老鼠藥店（童話）	兒童文學優秀作品獎
一九八四年	在長長的跑道上（小說）	兒童文學優秀作品獎
一九八五年	理查三世（小說） 走出三維空間（報告文學）	教育部紅燭獎 林爍杯一等獎
一九八六年	橡皮膏大王（小說）	陳伯吹兒童文學獎 兒童時代優秀作品獎
一九八七年	霹靂貝貝（電影劇本） 霹靂貝貝（中篇小說）	第三屆童牛獎等四項獎 第二屆宋慶齡兒童文學作品獎
一九八八年	中外兒童電影故事（主編）	首屆冰心圖書獎

一九九一年	第三軍團（長篇小説）	中國圖書獎一等獎 第三屆宋慶齡兒童文學獎銀獎 第二屆全國優秀兒童文學獎 「國際兒童讀書聯盟」（IBBY）優秀作家獎 第四屆冰心圖書獎
一九九二年	螳螂（科幻小説）	第四屆冰心圖書獎
一九九五年	被中國少年兒童出版社評爲金作家	
一九九六年	有老鼠牌鉛筆嗎？ 我和我的影子	第三屆全國優秀兒童文學獎 第五屆冰心圖書獎
一九九七年	第三軍團（電視劇）	中國電視劇飛天獎
一九九八年	傻鴨子歐巴兒（動畫片）	中國電視金鷹獎
一九九九年	我和我的影子 鼓掌員的榮譽 足球大使	第五屆冰心文學獎 第四屆全國兒童文學獎 陳伯吹兒童文學獎 共和國50周年優秀作品獎

二〇〇〇年	揚起你的笑臉（電影） 有老鼠牌鉛筆嗎？	華表獎、夏衍電影文學獎、童牛獎 二〇〇〇年「好書大家讀」年度最佳少年兒童讀物獎
二〇〇一年	非法智慧	二〇〇一年「好書大家讀」年度最佳少年兒童讀物獎
二〇〇二年	媽媽沒有走遠（電影） 非法智慧	開羅國際電影節兒童金獎、開羅國際電影節評委銀獎 全國少兒讀物一等獎、第五屆全國兒童文學獎、冰心兒童文學獎
二〇〇三年	非法智慧	第六屆宋慶齡兒童文學獎科幻小說大獎
二〇〇四年	危險智能 金鈴	中國電影童牛獎、開羅國際電影節銀獎 夏衍電影劇本文學獎

二〇〇五年	我要做好孩子	獲得中國安徒獎 獲得二〇〇六年三十屆國際安徒生獎提名 被IBBY中國分會任命爲中國兒童推廣閱讀大使 電影劇本獲得中國電影華表獎
二〇〇六年	烏龜也上網	夏衍電影劇本文學獎 中國安徒生獎 第三十屆國際安徒生獎提名

張之路作品集

有老鼠牌鉛筆嗎？

2010年3月初版　　定價：新臺幣220元
2013年11月初版第二刷

著　者　張之路
總編輯　胡金倫
發行人　林載爵

叢書編輯　劉力銘
美術設計　卜京
　　　　　陳巧玲

出版者　聯經出版事業股份有限公司
地址　台北市基隆路一段180號4樓
編輯部地址　台北市基隆路一段180號4樓
叢書主編電話　(02)87876242轉213、214
台北聯經書房　台北市新生南路三段94號
電話　(02)23620308
台中分公司　台中市北區健行路321號1樓
暨門市電話　(04)22371234 ext.5
郵政劃撥帳戶第0100559-3號
郵撥電話　(02)23620308
印刷者　世和印製企業有限公司
總經銷　聯合發行股份有限公司
發行所　新北市新店區寶橋路235巷6弄6號2F
電話　(02)29178022

行政院新聞局出版事業登記證局版臺業字第0130號

本書如有缺頁，破損，倒裝請寄回台北聯經書房更換。　ISBN 978-957-08-3566-3 (平裝)
聯經網址 http://www.linkingbooks.com.tw
電子信箱 e-mail:linking@udngroup.com

國家圖書館出版品預行編目資料

有老鼠牌鉛筆嗎？/張之路著．初版．
臺北市．聯經．2010年3月（民99年）．
260面．14.8×21公分．（張之路作品集）
ISBN 978-957-08-3566-3（平裝）
[2013年11月初版第二刷]

859.6 99002624